珞珈诗派

第二辑

李少君 陈作涛 主编

中国文联出版社

雾的深度

午言

著

作者简介

午言

本名许仁浩，
1990 年生于湖北恩施。
先后毕业于湖北大学、武汉大学、南开大学，
现居贵阳花溪。
著有诗集《数年如零》《蛙声问题》。

目录

1. 虚实之诗

2. 有赠

3. 自己的园地

4. 非常现实

1.

虚实之诗

在文德楼
——致读者

当你看到一片山头，
一丛植物，或者
一线天映照在一条水，
请你停下来，
再看一看你的周围，
是否有一条路，
通向远端的寓所：
一排赭石色建筑物，
在松林旁静默。

我所描述的这些图景，
是想让你了解，
你正在或者即将读取的
手中诗，“有着
艺术上的瑕疵”*，
而制造它们的作者，
正在某个能看到
上述场景的办公楼
充当蜗牛。

并非工作引你入戏，
而是戏，在强制引领你。

窗外的风频频邀约，
不远处的水绘制出幽径，
而我，无法为其赋格。
但诗诞生在这里，
诞生在交叉的缝隙；
它们将收获你，
并赞美你，爱你。

* 出自王家铭《歉疚——致读者》

2022 年 3 月 27 日

山腰

它不是最先醒来的，
也不是最后一个入睡的。
山顶和山脚，
总是将它拦截其中，
没有绝对的特点，
却在过渡中作为“桥”，
作为中间物。
它在不上不下中接壤，
又被塔尖和底座
双向革命，几乎接近于
挤压，或者撕裂。
但它既能仰视头部的雪线，
也能俯瞰到身下桃花；
它还能独享雾，
那不断飞驰的马术。
而雾，将它的身段沉浮，
又在蒸腾中滋润
山腰的皮肤。
看似什么都没有，
山顶和山脚拥有的，
它全没有。
不过，成为中间的事物，

就是要在没有中

诞生有，诞生

升起和下降的舞步。

2022 年 3 月 26 日

鼎新湖畔

水在看不见的底层涌动，
或者，静止。
水边的植物垂下小钩，
那些鱼便游过来，
仔细地搜寻。
但它们所发现的，
只是诱饵投下的重影。
类似的故事，
还有很多，这园里
每天都充实且富有力气。
就这样，鼎新湖
在斗篷山的庇护下盈亏，
即兴地讲述感受。
她说——有时候的命名
不为自己，
而为每一个他人，
譬如你，譬如走进来的
任何脚步、任何
一个腾起的琅琅书声。
就像鼎新湖的命名，
可能也是如此，

因为她是你的、我的，
还是所有的我们的。

2022 年 3 月 26 日

湖上

必须在湖上，你才能
感觉到：许多屡次涉足的事物，
也需要意识到它，
以及它，让你产生意识。
譬如这时候，你置身合唱，
它不是突然飞临的事物，
却让你捉襟见肘、左支右绌，
一切都凸显出，你是
新手。但你并不在湖上，
你没有看到水；过去的俯瞰
构成无，永恒的虚构。
而湖在下方，伸不出一只手。
好在众声深处掩藏着支流，
你可能觉得痛苦，但它
让你意识到：孤独
正在舞台上挂满水珠……

2022 年 3 月 21 日

风暴

被雨赋予形状。
这画面不是向下的刺探,
而是横移。
许许多多的针与针尖,
都在天空行走,
急骤得仿佛要摆脱引力。
风也在走,
愤怒将要去杀戮,
而春天意味着一种界限,
暴动就是绝对。
再没有什么可回避的了,
请嗅一嗅眼前这尖叫,
看：雷光点燃星辰；
听：马匹在深渊里
跺脚。

2022 年 3 月 17 日

被遗弃的庭院

“我们并不能结桑葚。”
构树成群，代表庭院速生的居民。
但栾树更高大，并远逾屋顶；
如果有入世的机会，它们必将
为晚秋持续投掷霜红的羽叶，
而此刻，它们也在默默无闻地
投掷着。“但我们没有未来。”
蒲公英、繁缕和婆婆纳都很弱小，
无非是主动隐遁或被动消亡，
就像许多生命，在不经意间
萌发、死去，奉献一生。

2021 年 9 月 20 日

荒岛书店

走近她，满墙梨花。
走进她，一只笼子正等待
梨树上滋长的蘖芽。
但是鸟先来了，
带着河滩上户外的气息
看望老朋友：那些
被无数次抚摸过背脊的
诗册、小说和人文社科类
书籍。最好的书店是
一块自留地，种下书，收获
梨树上虚晃的铃铛。
不去计较得失，落败的
永远不是书，也不可能是。
盈亏的辨认有瑕疵，
正如春光里浮游的沙尘，
招摇着少许不完美。
但梨树上的风铃，
每年盛开并败落一次。
好像存于某个特殊的闪回，
那只鸟就是你，就是
我自己。笼子围拢成书局，
却并不常闭，它把你

拉入怀中，又用架上的思想
将我们朝外猛推。
都知道门外是广阔天地，
所以不如浸下来，
以求吸取，这笼中的真意。

2021 年 4 月 10 日

新年问候（二）

围坐之夜，解冻的篝火令冰层开裂。
不规则纹路携千山漫卷，堆出
众星捧月的白。今晚的清洁
是一年尘烟尽去后，和解的玉盘。
新年被玉兔从桂树边投下，
但还未抵达——如果再仔细些，
即可听到水声划破：银鱼
循着旧轨，急速下坠的雕翎箭。
任何一个除夕，都绝不可能是寒夜，
水仙凌波引来梅树的身斜，
无数灯火摇曳，好一片蜡灯红。
跳过烹牛宰羊的细节，团聚的面容
雕琢出圆形宫殿，而人心
如秘道鸣啭；有些误会像停顿，
像冬季短暂的冻结。但新年之箭带来
问候——甚至重新紧握的朋友。

2021 年 2 月 12 日

不可重复的

这一切都是命运石之门的选择。

凌晨四点是不可重复的，
譬如死亡，是不可重复的。
没有一片叶子无辜，
当秋风送往、春雨催新之时，
它们降落，或者勃发，
是不可重复的。譬如年轮
叠被，是不可重复的。
穿过间隔礼服和丧服的山海，
所爱是不可重复的；
森林的魅惑、海里的尘埃，
翕动着，徒劳是不可重复的。
愿有一席之地，交付
不可重复的幸福与苦涩，
钟声皆是来客，而时间
是不可重复的虚空。
沉默的生活是不可重复的，
譬如火，是不可重复的。
这一切都是“露天的监牢”，
从上到下，每一次呼吸
都可数、不可重复。

譬如这些词语，这首诗，
也是不可重复的。
但是束缚，以及旧的伤口
似永恒之物，它们存在
并且提醒：没有更沮丧的了，
因沮丧是不可重复的
最后的酒，空漠如冷月。

2021 年 1 月 27 日

灰雀

你是众多灰雀中的一种，而非一个。
但你是那一种中的，唯一一个。
你必须是。有谁能反对呢?
恰如此刻，你磁石般地在我面前搜寻，
只有你没有任何其他跳动的飞禽，
透过你，我目睹你所有灰色的族类。
虽然尾部带有灰而幽深的涂料，
却远远美不过褐马鸡；头顶称得上光滑，
却比不上戴胜鸟扇形的冠羽。
你小心翼翼地啄食草粒，不知疲惫，
和这园中的灰色面孔全然不同。
他们和我，也都是一种中的唯一一个，
但在卫津路 X 号，灰色是总体性通行证，
他们并非一个，而是同质的一种。
当我回过头再去看你，发现许多事物
都经不起推敲——是的，不一定是；
不是的，也可能构成“不是之是”。

2021 年 1 月 7 日

未完成的形体

月亮爬走了，寂静爬上来。
清晨的风翻开一本书，
意味着新的一天。
我们所看到内容折合成一整天时间。

寂静退下去，太阳浮上来。
树叶的反光和少女的头发色泽相同，
多么平和，事物全都走向优雅。
不过他们必须造出动静。

太阳走上去，人群坐下来。
悬挂的圆盘保持凝视，
鸽子在屋顶逐字逐句地做训诂工作，
思想盘踞室内，任清谈鼎沸。

人群分散开，月亮落下来。
不远处河水清明、透亮，
走近它，过去的一天
正为月光在层云中留下一条生路。

月亮爬走了，寂静爬上来。
无端的忧虑开始穿行，

我意识到这是一天与我的神秘幽会。
但思想尚未生成某种形体。

2020 年 10 月 16 日

这些乌鸦

这些乌鸦，黑色雨滴一样地
落下，它们在草地上跳跃、搜巡，
仿佛一些复活的暗杀时代的
磨铁之水。在这深绿色沙滩上，
青草一茬接着一茬，就像
北方的霾与灰尘，日复一日地逡巡。
这些乌鸦，带来死亡的问候：
病毒还未退散，战火不断燃烧，
生命的消逝如同无事发生。
昨晚下过阵雨，路边积水的小潭
既有繁华也倒映着落寞；鸦群
从水面飞过，途经大小不一的湖泊。
这些黑色雨点如死亡一样滑过，
悲戚中，徒增不少曜石之美。

2020 年 9 月 30 日

千叶兰

傍晚，夕阳斜刺的光晕击落
一片圆叶，那种疼痛
是它自己也无法感召的寂静。
千叶兰叶片众多，有时又合成
巨大的一片。互生是风景，
身形匍匐也是风景；“千”和“一”
构成数字点阵，但跌落的叶片
不会再有相同的跌落。
正如你保留了诸多细节，但它们
指向同一桩往事：千变成一的注脚，
而一，则受惠于千万根枝条。
与千叶兰毫无遮掩的名讳一样，
无限是一种极限，而极限
也意味着绝对的有限。就像
这世间如麻的繁缕，它们会在秋日
归于清莹；遗忘有时候也这样，
当影子以整体姿态淡下去，
所有的远山，也就将一了千明。

2020 年 6 月 7 日

江心

一条船都没有的江心，将整条江
收回，然后变成它自己。
水面的波纹自然、稳定，毫不
遁形；开山辟地的骄傲

平卧于江底，与鹅卵石一同沉寂。
眼前的澧水先入洞庭、再入
长江，最后汇归东海。因此江心
随时都在游移，但又仿佛从未

走动。抵达这座小城，我
也变回我自己：一个在堤岸上
想象游泳的人。那一条浸染之蓝
始终召唤我，又总在临界处

将我推拒。这多像一切事物
相似的结局，接近却不能接触，
返身，又遇不见暴雨。
多么磨人的引力，而这世界

有众多的江心：有时湍急，
有时宽广，间或有雾、有雨，

亦有透澈的晴；但它从不属于你，
大量虚无的绝对从水面升起。

江心，仍旧看不到一条船，
停云开始用倒影革命，不过一只
白鹭就足以让眼前的战斗平息。
我终于放弃下水，并得以保住

观念的水位。假如我没有
看见江心，或将以目盲度过
余下的半生；假如我没有毗邻它，
闭眼便错失怀抱它的情形。

而现在，我却成为一张弓，
准备接下来全力地弹射。
江心一无所有，却满是有无之用。
那慑人的起伏正在书写：

你，还得再多试几次。
无船的江心存储着水面时间，
它不断收契，然后送走，
只保留了中间物。

这是最绝对的一种占领，
有进有出的——空间——像极了
渡口和码头；而我感受到它，

以及它，迎来送往般

暂驻的狂喜。流水是过程，
江心也是一种过程，它们有如
恒星，永不消逝。但当我沿着江
往前看的时候，江心却在

迫不及待地回头。我窥见了
它的回头，但我不会望向
自己的身后；正如告别，是要
让背影长成一道笔直的封口。

2020 年 4 月 14 日

雾的深度

本是早晨的奇迹，
却出现在这里。
边缘深陷于流动之美，
刀锋是不可见的。
地形的修改交付即兴，
而迷路是不可见的。
摇着头的雾像一面旗，
它往左飞，暴露出
历史的缝隙；往右，
太阳如同灯盏般降临。
雾的中心有绝对的寂静，
而它的深度，则
意味着另一种寂静。
多么规律，每一次
团聚都像一次吮吸。
在强光无法突破的地境，
雾构成一处洞穴，
我们可以走进它，
却无法穿破它。
就像趟水踏入梦境，
虚空反咬着真实。

2020 年 2 月 28 日

第一场雪

无数羽绒堆积在这里，天地间
仅剩两种颜色：白的是雪，
黑的是其他事物。那些突降

并装点山川的使者没有遭逢
暴君，低温成全了雪的凌空蹈虚。
但这景象是水，暂时的显形。

2020 年 2 月 1 日

秋分即兴

倏忽，它们就化身寒蝉，
凄切的叫声远逊于夏虫争鸣。

意识到秋分的时候，
它已走过多半，节令总是

冷静地旁观我们，犹如天狼星。
气温每天都有变化，并在

冷和热的两极中摇摆。
于是我看到了海——

波浪一样地左右摇摆，但这
动静并非鼓瑟，音乐

是没有的。因为秋分过境之时，
阳光已抵达平和的地界。

2019 年 9 月 23 日

雾中风景

很晚了。月亮仍躲在灰匣子里，
而你，正独自推开雾气。
那扇窗便因此开口，并获得意义。

当你手握一只青色橘子，
门前的河水就在你嘴唇上走动，
那清澈中的青涩——

先被夜色加深，然后又在
水声中洗净。这多像悠长的情绪！
最好的果实是意犹未尽。

这么些年，我们互设迷宫，
在试探、退缩和诗的拐道中行进，
如果不能相遇，推开窗

又有什么意义？如今，我们
平分这初秋即兴的交汇，一声
咳嗽也是美：久别的惊嘘。

2019 年 9 月 13 日

民园广场

星期天的午后，湛蓝色天光
将钨丝垂落并温柔捻动。
没有什么诱惑比这更直接了，
钻进它，这一天最好的时辰

将你我捕获。那些跨世纪的树
已届中年，枝杈亭亭如盖；
远处的天际被高楼逐年刺破，
海河畔的水鸟巡回往来，

逃不脱日益拥挤的都市山水。
我们置身其中，目睹人群聚拢，
民园广场从空旷的对视
变成话语的蒸笼——只需要

一刻钟——生活就在这里
释放出水晶般的盐粒。它的闪耀
和它的咸并存，完整得如同
生活本身。塑胶跑道在广场的内部

渗出红色汗水，那支沿椭圆
行进的队伍拥有无形之力，他们

不断推动身前的人，自己也
感到后背的隐力。这个力在暗处

长成，我们都看不见它，
但它始终凝结在脚心，清晰得
让人放弃疑虑。街角的马车
驱赶历史，向五大道四散的支脉

游览；铃铛摇晃，音乐自成。
所有人，都被这景色收服。
离开民园广场，我们自然地循回
内心：茕茕孑立，远比

在跑道上做功更难修习。立在
人群与自己中间，影子的墙壁
将记录新的更变；也许仅有
一瞬，我们能真正地握紧自身。

2019 年 9 月 4 日

眼睛 *

她是一名护士。
白色衣服，白色帽子，
额头浮出的一绺黑发微卷、茂密，
像她稍有起伏的性感躯体。
她的身后是傍晚，巨大的夕阳光块
已经涂抹掉背景，那片火
从云上烧到了草坪上。

她的眼睛向斜前方注视着。
但我们不知道她注视的是什么。
五棵笔直的毛白杨站在她的身后，
她也许从没在意过：
那五根白花花的树干被画布
偷换成五个男人，而他们
总共拥有二十三只眼睛。

* 可参看王兴伟的画作《无题（护士和树）》

2019 年 8 月 14 日

隔着雨

隔着雨。

——

对面的车流停下，
又启动。红和绿的规定
形如法条，精确到秒。

隔着雨。

——

屋内的艺术家们
交谈市场。“黄昏令人
沉醉”，而思想隐身。

隔着雨。

——

这个时代布置的行间距。
我们对坐、用言语

占卜感情，却没有回声。

隔着雨。

——

雪很快就落到北京身上。
它们在钢铁的笼子中
飘舞、触地，覆盖真实。

隔着雨。

——

天空安葬着表象。
一切，甚至死寂和沉默
也全部包含其中。

隔着雨。

——

翻卷历史冒出白气。
你和我跨步，
从屋内走进了雨。

2019 年 8 月 9 日

UCCA，观毕加索

无数悬空的巨石凝视着观众，
我们走上前，听任艺术
宰割，并发出乐声。都是他的猎物，
无尽的赞叹、无尽的自惭形秽；
在说出“这就是毕加索”之前，
观瞻的人弹尽词穷，仅剩
诸如“天才”的无意义指称。

本想成为画家，但他却成为
毕加索；本想成为画家的人很多，
帕慕克是一个，希特勒是另一个。
但毕加索没有正反，他的画
装满他的血，每个个体都是“一”。
就像我们左右均衡的身体，
合在一起，构成事物的完整性。

变，令他迭代成新的毕加索，
这个“没有风格”的人，
让风格退却、沦为注脚。画家
的迷人之处在于诱惑，就像他画牛，
几根线条就搭建起观念之牛，
这头冒犯的生物被批评家视为寓言，

也因此撬开购买者的钱包。

但那不过是他像孩子一样作画。
画简笔牛的毕加索，童心
已不属于他，那花费一年多的画像
精约、老成、不滞于物，几乎
召唤出牛的“本质”。十四岁就像
拉斐尔画得一样好的毕加索，
此后都在回头，但童年仅有一次。

墙上雄踞的毕加索难遂心愿，
人类住在时间里，永远无法溯洄原点。
艺术的螺钉旋转着，画家终于
完成使命，他颤颤巍巍地上色、签名。
多么寂寞，毕加索旧居的楼梯上
从未留下他速滑的锃亮，而这
将是我们理解天才诞生的幽暗切口。

2019年8月9日

蓝色的偏至

北方的夏日午后，停云
并不多见：蓝色化为归拢万物的
律法——世界的甜和
世界的伤口构成明晃晃的色泽。

而身前，决堤的蓝奔走竞逐，
从城市中心开阔到边缘，只有蓝；
明天接续的，也是蓝。
澄澈仅见的版图被季风修改，
暴露出蓝；飞机测谎，在轻盈帝国
铺设白白的云轨，而后
消失于蓝。海天一起变缓、变蓝，
近乎星球弧状的边缘，
但无人击碎太阳、拖垮风，
这绵延夏日的蓝色之山像冰川，
它反弹一切晶亮，并制造出
煮沸的血管。水中倒映的是蓝，
玻璃是蓝；镜子翻转，照出
冠顶的蓝、地心的蓝，肉身的酸痛
是蓝，贫穷和卑微也是蓝。

这镀色的魔法如同世间万有，

当你拥有它，就意味着失去。
假如蓝色变成一种偏至、极端的
存在，你我便只能寄身于
它的凋谢；在悬挂蓝色的两端，
世界保留了其余的光泽。

但蓝色就是蓝色，它的笼罩不会
摔下、不会凭空地消失，所有
朝向它的攀爬都是献祭之物，
而我们必须习惯：蓝色
还将统治世间，幸运的是——你我
还有时间赋予的——巨大深渊。

2019 年 7 月 16 日

一小片云

毫无希望的蓝，如病菌一样
沿着天际线传染、蔓延，
它的浓度始终维持在北方可视的界限。
没有南方上空的云浪，
甚至没有树，没有一处绿荫的拱廊。
有人豁出去了，想要
追逐这蓝色的尽头，但“妄想
并非真实的主人”；盛夏
携来持久的反讽，这内置的定律
迫使我们追忆彩虹斜立的山头。
幸好，还有一小片云，
她瘦小的身躯几乎产生不了影子，
阴凉留待想象：我们取走
一排杨柳，并在斑驳的景象中
感受头顶的轻柔。无论你
多么善辨，云，正独自完成
宿命的飞散；这比蓝更清晰的进程
仅仅存于我们抬头的一瞬。
我们忽略身旁的造景，
那些普通如日常的琐屑，无法
克服早该攻克的陌生；然而正是这

陌生破坏惯性，也因此伤害

自适的云。

2019 年 5 月 27 日

群山

在乡村的深夜，你看不清
白昼明晰的峰岭，只有
像海岸线一样蜿蜒、波动的
山的曲线。但它们从不挤兑同类，
这与住在城市的人不同。
群山共享着深厚底座，它们因此
坚实，并合成起伏的体态。
山们握紧手、沉默，永远站在命运
给定的位置。当夜色更深时，
它们卸下乡村的重负，
那些巨石、尘土、树丛、房屋，
以及反光的蕨类通通掉下来，
身体被洗成洁净的平面。
群山终于还原，那是它们本身。
但地上没有影子，山们作为整体
过于庞大；而月光造出的
斑驳无论大小，都能钻入山的内部。
群山细微、朴素，旋即
便以额尖相迎：这来自
　　　　　　　　　故人的
　　　　　　　　　　　造访。

2019 年 5 月 3 日

茶与恐惧

用温开水泡茶，叶片
撑开的时候很缓慢，
像极了胚胎。逐渐呼吸，
逐渐长成水中的形状，
然后伸开小胳膊、小腿，
一天天发育着身体。
终于成形，并呱呱坠地。
这样的旅行可真美，
有人忙活，有人将其
辨别成俗世的意义。

品尝这样一杯茶，
很多人会用上一生，
无论茶汤清洌、苦涩，
他们都紧握手中杯，
用充满爱的目光凝视，
直至帘幕加深，最终
合上肉身的樽盖。
但他们相信生的联系，
那些被解释多遍的，
将在茶中再次闪烁。

不过茶的名目太多了，
我们在宇宙的小院
泡上一杯，就转世一次；
或者提前扮演角色，
让茶占据行动的核心，
而我们是它对面的人。
茶与水融在一起，
向你我招摇：某些秘密。

就着眼前的半透明，
我们既能看到成色，
也知晓叶尖下藏有阴影。
正是这些微小阴影
左右我们勠力的时刻；
而茶水却无声息地
迫使你，在摇晃中
思考脚尖离地的恐惧。

2019 年 5 月 2 日

好清晨

红绿灯分拣各自的行程，
匆匆对眼，就相继
退回陌生的人。雨，比之前
更密集些，胡乱循环的天气菜单
像勇士，每一天都是另外一天，
但我们还在听披头士。
复古的西式街道点燃空中之灯，
它们没有照亮任何一只鸟。
当时间流经午夜，摇晃的树影将
收纳我们；熄灭的灯会有，
但不是全部。下个路口传来
方向的讯息，走过去就是
开阔地：一片鱼肚白
写成的寂静、另一个好清晨。

2019 年 5 月 1 日

在分界洲岛

登顶它，不会让你成为英雄。
但你所看到的海，确实

生产了不少征服者，他们
下水就开始命名、开始将漂泊

赋形为文学母题。奥德赛
从神话中乘船出来，他携载女妖，

上岸呼唤着乔伊斯的布鲁姆。
哥伦布抢先一步，新航路更新

大地图；麦哲伦接续环球，
世界由方而圆，大海献出真理。

在分界洲岛，我们都是宠儿，
浪花开出悬空之美，海鸟

完成精准的捕食；我们相见，
汗水集结在亚热带的薄衫。

远眺，终点是一条直线，

水和天的接壤早已远离海岸：

笔直的蓝。海，重复拍击着海，
旋即制造出一片间歇的白。

如果不去海边，就看不到
海的裹挟，偶尔翻卷起的黄沙

也会被蓝色和白色洗刷，
直至显示分明的界限。

其实那些沙子也很纯洁，它们
都是海的雕刻，近乎于美。

站在分界洲岛，你看不到它
如一具马鞍横卧，你也骑不上它。

登顶它，你成不了英雄，
但却能捕捉到海，以及它的里面。

2019年4月24日

夜回宿舍道中作

他们仨并排骑着车。
今晚的球赛胶着、激烈，高潮迭起；
而现在，共鸣腔和声带鼓动余兴，
仿佛生活的阴面以及它的恐惧都不存在。
他们仨都是年轻的西西弗斯，
一个学经济，一个学物理，最后一个
学文学；只有在打球的时候，
他们才构成临时共同体。
各自为阵的生活毕竟大多数，
学科间性隔离出无人区，
他们还做不到，学界所鼓吹的那种起舞。
在车轮的旋转和静态的手握把之间，
新压力越积越黑，终于与夜汇集；
但他们都要继续往前骑，
他们还没有把巨石推上山顶。
这是爬升的责任。
一场球赛后的夜晚再无难言之隐，
他们会在毕业后退回谷底，
但生活的巨石必将令他们再一次负重，
而大家，都是行动之人。

2019 年 4 月 13 日

观河与看树

入冬，人行道
以另一种方式呈现
树：发光棒，
在寒夜里持灯。

千枝排成听众，
整个滨江路
都在
挥手中晃动。

海河开始结冰，
这就是舞台。
无须机关和推演，
有些平面，
简单得与生俱来。

不同于树，
河流拒绝装饰。
拐弯的位置
也仅仅是它兴之所至。

冰层之下潜伏着

城市的云彩，
这工业化涂装让
河水因重力
而放缓。

不过，当春天
返回大半，
我将亲眼看到它。
借由一声脆响，
浩瀚地还乡。

2019年1月10日

写于 2018 年结冻

无声之镜，反光，虚弱的太阳。
风廓清了人形面具，闪现
面孔僵直的表情。
我站在楼顶，
树：一群观望盐粒儿的短尾雪鸦。

2018 年 12 月 15 日

吞噬与被吞噬

最近，我们长时间被吞噬。
先是噪声，再是霾，再是忙碌的城市，
最后，强顶着颅内昏沉的夜晚。
这时候，所有人都需要闪烁，
所有生物都渴望光，
那是一种问候般的镇定剂，
它的纤毛划过，地球就变回蓝色灯笼。
然后，早餐温柔地唤你起床，
空气新软、通透，街道升起绿意，
神态也在苏醒中觅得欢喜。
当我们意识到——这被吞噬的此刻，
历史便强行让我们接受回溯，
人类培植出神秘破坏欲，
它的刀锋掠过，车辙中留下翻滚的哀鸿。
所以在被吞噬之前，我们主动吞噬，
如同捕食山峰的贝希摩斯，
世界曾被摆上餐盘，只为巨大的胃。
（幸好，上帝仅造了一只）
这圣洁者的食物原是一种反面，
而恶，也是一种反面，
于是人类发明镜子；面对将要
结冰的平静湖面，吞噬既要充当结果，

又将困惑于愁眉和脸色，
但是答案，并非镜中的镜子。
穹顶上的弯月正在用冷凉镌刻，
因而我们真正需要的，是“一下子
穿过针眼”的胆力——

2018 年 11 月 27 日

拟态

这些密集的情绪
在风的梳洗下转向土地，
它们像经事的人们，
在街道的拐角处窥见归期，
便适时下跌。
无论你浪迹了多久、多远，
当水汽快要被行程吸干，
就，是时候了。
虽然“流亡有许多种”，
但河水只流一次。
你们爱过枝头上的张扬恣肆，
但谁都要服从风，
掉下来，就再也回不去，
稀疏是这个节气里
最真实的晃动。
跟随植物学向前演进，
落叶也并不意味着安定，
而是一种重来。
索性为上一阶段旋转出尾声，
然后在地上歇脚，匍匐出
下一轮的拟态。

2018 年 10 月 26 日

松杉路

以松杉命名的道路，
松杉其实乌有。

就像北方的前两场雨，
虽然到过，却马上就消逝在

挤满人的街道。松杉，
之前也确实存在过：

真实地扎根，真实地
被当作原材料。

而现在，此地空余
发芽与落叶的想象。

当然，它们也曾沦为
障碍，先是被修剪、砍断，

最后是从根部锯走，
依次运至城市的边缘。

现在，那里长成新的城市，

再杀死新一轮的松杉。

这其实是一座缺少植被的
城市，很多人这样说。

但我不准备再说。
摸着路标，我仍能感到

松枝和杉条的聚拢，而
我们的先辈，正拿着发亮的

伐木刀。他们现在，
也都还拿着刀。

但松杉路就是松杉路，
它跟我们一样，

出生就意味着被命名，
那三个字构成的疤，

将永久地，降落到地图上。
降落成一个客体。

2018 年 9 月 8 日

基于风的叙述

九月，耸立的风就开始刮，
开始检视流于观看的人。
他们中的大多数冷漠或滥情，
又各自分食孤独。
活着，伙同莫名沉重的肉身。
很多记忆都恍若隔世，
此刻，被迫拧着
橡皮就能擦去的生活。
又是这些人，转念
就变成了杀人犯、盗贼和纵火者。

新闻太多了，正如每一天
都是新的；唯有从根茎出发，
才能更好地理解叶片。
这些走兽也是。不过风一来，
盲从的接触面就开始大范围易帜，
不少人争相表态，并成为
从流量中收取渔利的人：
他们很快作答，却将自己变成
真正的消逝。在键盘的敲击声中，
仿佛说着：“我，什么都关心。”

也许，下一次大风就是降雪。
不过必定等不到那一天，
无意义判定只作短暂停驻，他们
马上就加入新的行列。
说过的话语，自然不再赎回，
懊悔时或许再掀开墓碑，从坟地
扒出涂污的尸体；缄口的时刻
从来都是在事后降临。
如果朝前走，到风的核心里举刀，
那标靶的中心必是“我们”。

“看 / 被看”无须再发明，
我们说着，又同时被无数人说。
于是总期待风（一种外力），
期待它携来的覆盖性消息，
刷新，成为某种镇痛剂。
不停顿的人间最会产生新问题，
那些风暴在往返蝉联，
而它的另一面也接连闪现：
“如果太阳不落下去，
晚霞就拒绝升起——”

2018 年 9 月 8 日

北方的雨

像觊觎下课，
每十分钟就在心里祷告一次，
但她迟迟不来。
太慢了，南方的雨没法与之共舞，
她来的时候，
武汉已经打扫完解剖室。
也不是很稠密，
风乍起，
大片的空隙被现实刮出，
留给空袭、贸易战和反性侵的人，
但她并不明白，
某些对错非要以积而论。
更谈不上凌厉，
水面波纹的边缘还很美，
像真正的友谊，清淡又伸手可及。
少有人备伞的北方，
也未发现囤积居奇的小贩，
铺面砖只出售花瓣，
天空更将阴郁摆上堂食，
供减肥的人挑选。
停得也很绝对，
她的长度仅有半个白天或夜晚，

延长线被彻底拒绝，
必须将纯洁射向破晓的黑暗，
而后，明亮的异端。

2017 年 4 月 25 日

一棵树的死亡

春天掏出甜蜜手枪，
大地是蜂巢的直接建造者。
经新雨和子弹投射，
也有漏网之鱼。
被前者吻过的开花、长叶，
簇拥着高唱理想；
后者留痕不多，穿孔的叶面
很快被覆盖，新生
如喷气般迅疾。但春天
还是杀死了一棵树，
以触目的形式。光秃秃
没有一丝鹅黄，皮肤的黑缝
让时间溺得更深，枝丫
横七竖八，组合成无根汉字。
这历时的生命褪去星光，
并交代出排练多次的死亡。
紧握地底的手和碎须
不着一字，却扭住经年往事。
风，挪不动这死亡，
它还能继续站着，
用不丰满的身形加入夏天；
在盛极一时的夏天，

它必须是一块耀眼的疤，
金灿灿的。

2018 年 4 月 9 日

北方的春

玉簪冒尖儿的时候，
迎春花就开始沿河垂钓，
冰水也逐日转润。
在南方结香呼啸的风暴里，
这边的破冰声尚未消远，
回音伏在水面之下。
散点分布的陈年旧事
随松针翻转，一不留神
就越过界，匍匐到
新春的台面上。戴胜落地，
抬首即是桃花；海棠
轮回多年，仍未修炼出一味。
白蜡树和复羽叶栾树
拍开飞絮：那来自
白杨和绿柳的盛大节日
已上演多时。
在万物啜饮的季节，
唯有气温的秘方，
能调和一切转瞬即逝的
颜色与嗅觉。
当众鸟齐声歌唱，
噤声沦为过去。

于是，沸腾的众口在春天
收获——未有的欢愉。

2018年3月13日

制作地图

这些年，我也在
制作地图——从脚下到纸上，
身体和图像的建构能力同样出色。

看地图就像照镜子，
上面总有一个行进中的你，
而不是别人。这与看照片不同：
有些照片仅有别人，
有些照片的时间、地点
都是隐匿的，遗忘
与内存的快速增长成正比；
有时也基于人自身的选择性失忆，
即使那些照片的反面
仍在深夜里显形。

但“地理学并无任何偏爱”*，
地图更是如此，
每条线路、每个坐标都是可见的，
东方和南方一样的远，
铅笔每移动一次，目的地
就迫近一次。如果不慎打翻墨瓶，
近处或将沉默，沦为

无数颗素面朝天的盲点。
而稍远的乡野或者城市，则会出现
在下一次测量的中心。

这些年，我也在
制作地图——破碎的点和时间，
将在身体底下，绘制出蓝。

* 出自伊丽莎白 · 毕肖普《地图》

2018 年 3 月 10 日

村雪

水雾耕云，半个清晨
就栽种好村里整畦的棉花。
三相四线被白色覆盖成
琴弦，音乐声簌簌下落，
麻雀也簌簌下落。
天地苍茫，叙写着秩序一种。

雪的积蓄总是比爱情
更和缓，却出现得更迅疾。
回看空如死蚌的心，
暗灰；却不忍心对眼前出手：
迈一步就是犯罪。
足痕不应成为洁净的破坏力，
正如感情里加了泡沫
就只能游牧虚伪。

眼前让我想起中学老师，
他说："此处的天只有手掌大，
就索性先离开这个地方。"
现在我回来，作文中的原型
先后入土为安；不安的，
除了未尽孝的肢体，还有内心。

但情绪留不住雪，一面太阳
就能把漫天的音乐掐掉，
棉花也会被天空再度收割。
好在下一轮雨水
就是惊蛰，春雷始鸣的地方。
当天空拉满节气的箭弓，
树枝便开始摆正，
大地将怀抱既往的新生。

2018 年 2 月 28 日

北方的冬

鸟落到地上。天中有风，扑扇的振翅声
赶走云，赶走昔日盛大的霾。

上空被抖掉落叶的群树锐化，其他滤镜
都宣告无效：多么单调的敌意啊。

于是我围绕赤裸裸的藤萝，转圈。
它或许冷，而我的羽绒服令我

成为另一种角色。人与植物因为穿着分列，
它们长叶，我们就减衣服……

冬天没有潮水，所以不会很快
漫过去。身体变重了，

对于如熊们过冬的人就格外有意义。
他们将夏天的简体纷纷繁化，再加诸身上。

2017 年 12 月 27 日

眺望镜

楼顶的风比想象中的小
但不是没有，它依旧种植我们
种植女孩儿们微散的头发
那些烦恼丝形形色色
在上方镂空的屋顶展开
翕张如蝴蝶。眺望镜拥有两只
深邃的眼，悄悄窥入人心
女孩儿们走上观景台
它们深邃的双孔就会射出
反向的光，将虚空的重量加到
蝴蝶身上。不是谁都能翩翩起舞
正如不是谁都能站在此地
站在一群撒野的灵魂深处闲游
近处是码头，远处是长江
再远处，是郑和征服了七次的海洋
它们轮流扶起银灰色
扶起一双双放大人心的眼
谁被击中了？谁又被
投掷到冰凉翻滚的水中？
无人勘测出致密，就无人
解剖蝴蝶；心有灵犀的飞跃高楼
视而不见的转念为空

远眺之前和远眺之后无异
只不过天色下降了些
蝴蝶的翅膀也因此加深了些

2017年12月5日

新开湖畔（一）

天凉了，活动有些受限，
随道路踱步，顺从它，抵制它。
前边冒出无数鳞片，规律又重叠，
整尾湖都在被四周捕获。

灰雀的影子加到落叶上，
清冷就有了重量。斜生的鸽子树，
未有巢穴加持，枝杈空空。镜中，
几个故人带来一群孩子。

倚栏拍照的，除了情侣，
还有无数阵北风。它们掀起国槐，
并撒下超大号黄金稻谷。

就要迎来，严酷的冬天。
眼前的褶皱之水步入安定，放平，
它比夜更熟谙：雪的照临。

2017 年 11 月 3 日

秋雨

在北方，秋雨
也开始浩荡。楼下

青色的铺面砖，
几近饱和。

凹陷处蓄成一方
水塘，这倒映天空的

镜子无法抓取
真实：都是反转的

形象。就在学生
谈论鬼天气的时候，

天空闪了几次。
这敞开的事物

将众生沐浴其中，
洗刷——

并收回尘土。

这些雨，最终都会

返回头顶，或再次
以雪的方式

降临。我凝视脚下，
它们就开始

反弹月光，反弹
夜的乌有。

2017 年 10 月 9 日

落日

落日接近沉默,
她像石榴一样被枝条托举。
在舒缓柔和的抚摸中,
小脑袋被风定住。

她是一个想跳伞的少年。
但却变得静止,
直到呼出最具包孕性的顷刻。

2017 年 9 月 27 日

桥

最后，挖掘机开进我的心脏。
连反抗都没有，旁边的几处动脉
就被斩断：那曾被群鸟栖居的枝丫，
如释重负；它们和夕阳一起，
沉下去。

来了一对情侣，他们只看
日落。还不够危险！爱情关系
也未出现转移，而天上惊飞的羽翼
终于让两人拉紧了手。他们
没再往更深处走，挖掘机
也没再出声。

这是我最后一次以残躯目睹
人间，他们再来的时候，
我将沦为一堆碎石，并在心中默念：
“桥：一只飞越死亡的巨大铁鸟。”*

* 出自特朗斯特罗默《写于 1966 年解冻》

2017 年 9 月 18 日

四月是悬铃木的季节

四月是悬铃木的季节
它们持续贡献飞絮，并以此
作为迎来送往的典礼
这些小家伙色彩金黄，触角
稀疏，如田野收割后漏掉的麦芒
它们也会落地、打滚
消失在八角金盘的巨手之下
如果再起一阵风，它们将
再度委身引力的召唤，飙升、旋转
如此落入轮回的死循环
它们没有获得自身的抵抗力
而所有沉默，都来源于树干本身
来自外部仪式后的片刻寂静
万物皆被安排，每一颗
金色小刺猬都像我
还未找准角度就被高速抬起
并在空中被赋予风的形状
巨大的呼叫声很快就会漫过去
我们都不会被听取
这个时代，唯有沉默，能将
渺小的痛苦稍加撑持

2017 年 4 月 12 日

先锋书店

I

循道而来，满城的雾色
为我们递上入场券，递上低潮，
递上一方久负盛名的地下停车场。
那里堆积雪意、冷霜，以及
无色透明的纯净水。初春，
孜孜不倦的蚂蚁和我并排行动，
我不断地超过一些，又在
前方碰到它们的同类。这个傍晚
平静、简洁，南京城没有
为任何宾客多点一只灯。

II

在前门，你需要用手拨开
那些屏障，并以放低的步履
踏入清水之境：复活的名字
一摞摞，复活的书从四面八方涌向
我——它们像头顶的十字架，
洒着光，撒着细碎的盐。
还有什么其他的期盼呢？置身在
构思的奇迹中，所有事物
都被照拂。唯有夜色催促归程，

嗜书者才勉强抽身而出。

III

买下一本《荒原》，与那
已成阴影的前辈对话。一个声音
在远处，另一个正在上坡，
他缓慢地读着水，那隐隐闪烁的实在。
从旁经过的人，比来路的蚂蚁
速度更快，时间也在加深，
但南京城的月亮会等我们。风向
换了几次，不知那两个声音
是否能够接头；而指缝已然呈示：
他们是间歇火光中的两个人物。

2017 年 2 月 23 日

惊蛰

春雨如蓝调，蘑菇被慢节奏叫醒。
它们小手一抖就撑出一片海。

需要很多篮子，去收拢那些
棕褐色斜伞。

解铃还须系铃人。去年的孩子
踩着山石来，他们突然冒将的脑袋
很快就变成另一个族群。

紧接着，黄牛出栏，
树枝开始新一轮的耕种。

总有些无须抒情的土豆率先探头，
出了恩施，这种叫洋芋的植物，
约等于故乡。

启蛰了，雷声将近。
当异乡人的手里同时拥有数颗种子，
出走的生命就会加速返回。

除非，他尚未走远，
除非，他正置身于更广大的秩序。

2017 年 3 月 5 日

春

立春了，我听见天空破冰的声音
河水中有一万匹野马在奔腾
它们齐呼呼地打响鼻，很快就惊出
一场春雷。今年的苔藓
不会抄袭去年的复苏方式，就像
这最后的雪，一定会拼命地
在太阳下再闪一次。枝头的骨朵儿
颤抖、小心翼翼地褪去外衣
几个夜晚过去，它们就齐刷刷地开放

讲述春天的燕子适时飞回
又一年结香满园，百草冒尖
大地温润并铺开绿色情绪
回首处，天空已进入神奇的节奏

2017 年 2 月 15 日

南方年末

雾正浓，又一年暮色将近，
沥青道边，仍有老太太提篮子卖菜。

该落叶的树，全都步入中场休息，
乌鸫仅剩几点：它们不为天空着色，

如同那些年终病患者，游离之光
早不在日规上；而萧瑟隐隐，

藏于表皮之下，一转身，新春的汗液
就会让它们火速排出，并将乡愁

挥发在点阵之外。又一年暮色降临，
拱桥拉我跪下，开始就地祈福。

2017 年 1 月 13 日

空的奏鸣曲

放晴了，光像撒在灰尘中的盐。* 稍有
一阵风抚过，天空就游弋起来。
蜕光叶子的群树使山的肖像比昨天更为
立体；山前方的海，晃晃荡荡地潜进
蚌的心底——

空空。海也空空。

我们进入彼此的时局却没有
获得一同进门的牌号，执着地挥动船桨
只会造就收束不住的激流。那就索性
退着走路，并回穿过连日浓雾；让时间
回到壳中 *——

空空。手也空空。

不会有比冬至更摧毁人的节日了
长夜辽阔，晚餐一直持续到垂暮之年 *
但是耶稣在他的山上，洒着光
撒着玻璃罐中苦涩的咸；我像无事的骆驼
抖动头颅——

空空。大脑空空。

无数次观看火焰，取暖以外的功能
令人沉迷。所有上午和下午缓缓转动，如
自行车的前轮和后轮。* 夜晚醒着，并赎回了
囚禁睡眠的枷锁；缪斯便再也关不住
诗的形象——

空空。搏斗空空。

* 出自臧棣《浪淘沙》

* 出自保罗 · 策兰《卡罗那》

* 改写自欧阳江河《晚餐》

* 改写自臧棣《自行车趣闻》

2016 年 12 月 21 日

哀 C

转角之处，天际接纳坠落的太阳。
它羸弱、晦暗、轮廓不明。灰叶慢旋，

试图丰盈整个向晚；在华北平原，
九分之一的国土已被攻陷，但地核对此

无从而知。雾霾或成新常态。
它的来势盛大，而我们却弱如微萤。

真正的恐惧既在自身，也在黑暗的照临。
因为那无法抗衡的坚硬，凝结成冰。

2016 年 12 月 18 日

冬日即景

图书馆旁边的空地上，遍野哀鸿
它们是昨晚第一次涉足大地的新生儿
但同时也使命般地完成了某个轮回
生是第一次，降落是第二次
它们中的大多数是缓缓飘下来的
并通过叶脉的撑持造出一阵风
树下的花猫凭借瞳孔告诉枝条：时间
在最大尺度上只有明与暗
南方一夜入冬的组合从未松动
但极少有人关心蛛网的破败、水蜻蜓的销声
以及泉水的流速和粗细。这些海棠花
总以为春天过早地来了，它们猛地
掀开太阳编织的假象，但那里并没有被子
所以，一切今天的花瓣都噤若寒蝉
一切混凝土都返回石头

2016 年 11 月 24 日

秋日（其三）

秋尽江南叶未凋。

——[宋] 贺铸

风过之处，世界是一个
巨大摇篮：浆果摇摇欲坠
所有露珠都在返回。
鬓染的皱叶遥遥举起红翅
——自立前的最后仪式。

每处河床都暴出脊背
每座山都挂起彩帘。
凭栏处，横波乱卷枯影
忽有伐木声涌来：一抔
时断时续的空中之火。

秋日给木屋送来橘子，
母亲就势破开橙香——

2016 年 11 月 8 日

秋日（其二）

盛大如节气，秋日和雪仅有
一墙之隔。不必拨快玻璃下边的松针
现实是被时间规定的齿轮
花照旧开放，老人同样地沉入地穴
一切鲜艳的光环都紧临黑暗
一切黑暗，都逸出回声
秋日也有回声：玉米粒儿
叮叮当当地落下来，就变成
一座小山，山深处的力量支撑着我
捂热我的血液；当西风
猎猎吹过，它严厉粗糙的手
替我扣紧衣领。大地上的元素
如我们，如秋花秋月
都将一直背负契约上的账单
我们的债主是此在，是泥、水、空气
而秋日始终盛大，悬在头顶
并金灿灿地照耀人间

2016 年 11 月 4 日

秋日（其一）

妈妈，秋天流着血离去，雪已经灼痛我……

——保罗·策兰

当候鸟将目光落在
南方的白沙洲上，秋日
便从水边率先抵达。
昼夜步入平分，路人不再
隐身风中。

多肉植物被搬上窗台
博物馆：开始理土、修根、
控水，温差正好；
气层之下呈现太阳的展览。
它们很快收获梅雨后的
新生，形态复萌，
色彩照亮宿舍。前来
过冬的雨燕驻足松枝，
翘首打探这排妥当的食物。
我即刻用竹签环绕花盆，
怀恨的过客只能火速
渡江——

日光造就植物学奇迹，
秋来，秋去，
“致命的仍是突围”*。
节气一到，我的展馆
就被涂成多汁的美餐；
它要走，我就听见
落雪：一阵叶片
枯萎前的
　　　　冷颤……

* 出自张枣《卡夫卡致菲丽丝》

2016年11月3日

六月一日暴雨

缝合昼夜的闪电，将清晨押解
雷声隆动，分派儿童节匠人 * 的礼物

暴雨参与这场狂欢，有多少成人
将焦虑的眼镜取了又戴？孩子

从来不会被水柱扫兴：会场跃起红领的
鱼群。那串被过分关注的表彰名单

从未修炼出谣言相传的法力。所幸，
男孩和女孩同样地咧开笑脸

他们是光源 *，是河床柔软的石子
当我挥动十多年前的小手，新生的瀑布

便朝向更为宏大的支流汇去
一排排雨伞底下，长满了向日葵

* 出自索耳《儿童节匠人》

* 出自马骥文《顿亚》

2016 年 6 月 1 日

回武汉途中

穿过一种天气到达另一种天气里
梯田一级一级，白色的花也就一级一级
石头还是上次路过的形状
水的近旁有几滴翠鸟，河风依次绿了

穿过平原，D3068 次列车钻进隧道
不远处，驶来一道飞纵的光——

2016 年 5 月 19 日

金鸡湖日落

假借夏天的名义，涉足一湾温水
对岸的建筑物高耸，钓起

众生泅渡的湖面。鱼群裁剪水路
助阵虾蟹的暗中蛰伏。进入

一枚水蜘蛛体内，参观另一座城堡
天空穹顶就要拉上帷幕

金鸡湖的落日突然蹦出，投下
无数根闪光的垂线。岸边的巨石

筑起一波水鸟，它们扑扑飞过
乱入对焦者的行程

2016年5月18日

虚实之诗

天幕将大地收拢，猫头鹰
停止说话。游于虚境的睡眠
召唤出一场夜雨：

它们来得很快，紊乱且没有章法
凉意渗进身体内部，吵醒
正在蛰伏的云朵。记忆

将水花和苹果连在一起
你知道，这是幻象，却依旧
提出篮子。我们手挽手

如一对互梳羽毛的白鹭

2016年5月8日

入夜（一）

入夜，一群微醺的骨头穿过十字路
高架桥俯视，又向上负载

灰蒙蒙的影子嫁接到行道树
砧木渗进新剜的疤（一股异己的力量）

扩张的城市阻碍肢体自由
鸟、虫子、夜渔者，都患上失语症

对岸，生殖力点亮一排挑逗的灯光
我们可以想象各式接吻和撞击

当酒精远去，高分贝逐渐降低
这边的湖面与一颗星子，接近野合

2016 年 5 月 3 日

论镜子

黑夜打开所有河流
而河流是相反的天空
芦苇倒长
月光向上静默
蓝色水纹驳回所有骨头
牙齿紧闭、声音撤退
仅剩的半片曲子
在守夜人的梆声里
化为余烬
一片栗树荫
就是一处遮蔽
那里有成筐的仁义出卖
也有笔直的站姿

世界除了光
镜子也必不可少

2015 年 11 月 5 日

十月四日·夜雨偶成

雨水贴着双臂，左右而下
灰尘和影蛰居在叶片的反面
夜空瞬间潮湿，月亮已经很久
没有打开过它了。

雨水经过裤管，汗毛聚集
遂摆成温顺的姿态。就像
雨过天晴，太阳总是比白云
跑得更远，却更贴近
摄影师的概念。

雨水同脚丫伸进泥土，如触角，
如蚂蚁样搬运睡眠。
漏痕显现，墙壁夹着烟斗
叩响一言不发的油画。

2015 年 10 月 4 日

环珞珈山

九月在珞珈山的侧刃上
磨着刀。香樟树一片青，一片
落地的红，夕照送来千万根金针，
尽数刺在环山路的腰带上……

竖着烟囱的老楼漾出整片水波，
宿墨正在蒙尘，就像
旧物追赶着荒径。雾气的薄抚过
分岔路：两道完美的切割。

再往前走就是秋分
硬朗的草，九月更锋利了——

2015 年 9 月 23 日

桌前随想

月份呈线性往前延伸。针状的日子
如枕木一横，粗暴地将其锯断

铁轨的尽头甚似我们几欲分离的静止
丰水期如约而至。东湖和磨山仍在——

水与石头的成分恒常稳定。一根茶叶
将往事依次展开，重又眠卧杯底

2015 年 7 月 6 日

暴雨后的清晨

在每一粒水雾集合成盛夏的注脚之前，
在土壤的吸附功能饱和之前，
以及六月的裙摆尚未越过膝盖之前，
暴雨后的清晨在地表和树干上停满跌成尸首的碎片。

在蚯蚓、蚂蚁、蜗牛甚至蛞蝓识途之前，
在掌管天气的神重开法器之前，
以及时间无息，蝴蝶的触角抵达梧桐叶尖儿之前，
暴雨后的清晨被群鸟以声波洞穿。

当世界站稳，太阳从山顶的锁链挣脱，
暴雨初歇后的森林有所弥散，混沌未开。
如同原初的人类，“在层层叠叠的暗夜下面”，
“不黑不白，不左不右”。

2015年6月2日

夜冥的乱象

五月的球状闪电炸裂,
把平整的天撕破脸。风暴的勃发
无谓长短,逃亡的铁船泊在
宇宙的岸边。

黑色火焰点燃绿色冰川,
气温的霸权缴获城市的语言。
胜利地选举囚犯,
勇敢地没于古潭。

没有冥想比真实更清澈,
我们往往只看到了事物的一半。
闪电,像无数颗眼睛
在高处看你。有时是无意识,

有时,是一种扼腕。

2015 年 5 月 11 日

二月

半山阳光，半山雪
将二月切成两半
一边是流年书
一边是未来地带
时间，举棋在分界线

立春。雪水化开
草根缠绕在三尺地下
黑猫轻踮着脚
在灰色屋脊上郑重赴约
天地入墨
晕出无数滴水来

江南的村庄做一场梦
睡在花丛中。爱神
穿梭于齿缝和辙印之间
月亮，和玉兰树
心照不宣

2015 年 2 月 7 日

夏

我们圆圆地围坐池塘和肥绿，
垂钓螃蟹的张牙舞爪。

那些包孕在花蕾中的莲子，
尚不能分泌清苦的胃液。

知了聒噪。我们下水
摸鱼，抓河蚌、泥鳅和灰鳝。

土狗深嗅芦苇丛的鸟蛋，
鹡鸰如逃难的母亲苟延残喘。

水蜘蛛远了又近了，
童年和江南近了又遥远了。

2014 年 6 月 6 日

小寒

冷在三九，这是冰冻的时刻。
隆冬将咒语塞入虫洞，
造就压倒一切的固封景象。
果核在僻静处聚集，
有的比肩，有的叠成罗汉，
抱团儿的温暖，源于对抱团儿的忍受。
泥土中深藏的食粮也有小洞，
那些汇通诸国的房间
如同复杂的宫殿，在舞蹈。
但我们看不见它。
由于小寒的绝对笼罩，
万物均面向其外部的统治之力，
它们正在用银质的锋刃
凿刻生活，凿出光——

2014 年 1 月 6 日

2.

有赠

相见欢
——给 H

只取字面意思，无须多想，
花间词的规定因你转轨，
哪有时间停下，哪有坏天气
让我们“自是人生长恨水长东”？
往前走一点儿，去林间，
去被卷入黑夜的群鸟深处：
它们像伴侣，为彼此送去安慰；
它们也像我们，将话语
凝结成天空中浩渺的银色。
然后散步，在这小小道路上
收集着相见欢，一种
被你我改编后的词牌格调。
来吧，这夜还留有足够的长度
供我们挥洒——让风声
静止，让个人史摊开，
让我抽出你嘴边悬挂的句子。
有一些更深的把握不住的东西
停在那里，没关系，
这些眯眼看我们背影的月季
都在翘首般地渴求后续……

2023 年 5 月 8 日

朋友
——寄陈翔

很多天了，我们未曾交谈，
但好像并没有觉察。
在时间自成序列的钟摆中，
这里的细雨依旧地下，
北方平整的晴空照旧地升起。
可这样的生活过于严实，
我们全都是乌鸦，
在奔忙中描摹各自的黑影。
你我多次分别在雨天，
当然也在太阳下挥过手，
而此刻，甲壳虫色的乌鸦
让我们变为一体，
甚至因此失去了反面。
多么令人怀念的反面啊！
雪浪般白色的果实。
毫无办法，现实的深海
命令所有人前进，任何转身，
任何的一次回退都是强辩。
唯有将黑脚扎根下去，
在挖掘墓穴的间歇，
用眼珠保留残余的光泽。
这是火、水、光，以及氧气，

当黎明再来搅动的时候，
我们可以褪去黑羽，
像两条山脉同时滑落，
汇入谷底，汇入
因兴奋急遽下跌的内心。

2022 年 6 月 14 日

在湿地公园
——兼致草也

“为了探索你的冬天”*，
我们各自上线，预约好风火轮。
雪，早已降落到北中国，
但此地满是虚幌，凭栏的力度
远胜风的力度；雪还到不了这里，
蓬松之云包裹低纬度的停顿。
在街区中心，坐落着你的公园，
它的心事如水，悉数交付给
那勺袖珍的可见方寸的晦默湿地。
我们看得见它，却看不见
水纹间眉宇的情绪，以及徒留
岸渚，无人涉足的细沙。
正如许多落灰的暗角干枯，
着火的老宅毁损，你我能看见的，
多是目力之上的黑白更替，
而潜底之谜，很多次被放弃。
但眼前的湿地迫近，递出点睛的笔，
只要有水、有鱼，实或者虚
就不具备额外的意义。
低温自此升起，入冬的潮汐汇聚，
而我们所看到的波动

都将铸就平静，铸造出“冷”。

* 出自臧棣《与其抵抗冬天如不探索冬天入门》

2021年12月6日

你的北面
——赠路瀚文

在你的北面，这些灰色
作为背景，始终侵蚀我的眼睛。

年关将至，校园腾出不少方格，
那里的姓名，留有你的掌纹。

小引河试图隐埋它的水深，
但冰面上的我，并未摘除眼镜。

灰色不能变成窗玻璃上的雨，
就像这众多的事物，并不交换意义。

让我们隔空点头，抖落往日里
独木成林的枝叶，并计算

两者的间距。许多限制，令我们
终此一生；许多奇思，正不断

创造新的秩序。在你的北面，
灰色终会变成细碎状柳条，

绿色即将从地面腾起。我听见

你回归的足音，像冰层下

淙淙的流水，清亮、透澈，
带来残冬的火焰，以及那指示

门的词语：是推倒那堵墙的
时候了；让苹果，砸出的雪光。

2021 年 1 月 26 日

岁末
——给 L，兼祝早日康复

岁末，我们走在从医院折返的路上。
你不久前发抖、痉挛的身体，
此刻更显单薄。再没有什么可以倾吐的了，
你早已交付所有（肇事的腹内空空）。
但我们还得继续向前走，并用力贯穿
那条横亘在脚下的银灰色深渊。
疾病也横亘在脚下，我们踩着它如同踩一架风琴，
幻视中，他身穿黑袍、挥舞红镰刀进行演奏，
并且收割；但那还轮不到你和我。
我们还能爱，拼尽全力地去爱 *；我们还要
收集世间众多的伤口（遗忘或者铭记）。
多么冗长的道路，我们走在眼前灰蒙蒙的冬季，
但不远处辽阔平稳的下午，必有一束光
降落并照耀湖的冰面。而你必不会
重返此刻的自己：一些疾病远去，
一些迷人的食物 * 被重新吸取。

* 改写自姜巫短诗《我们要爱》。

* 出自马雁《樱桃》，原称《迷人之食》。

2020 年 12 月 27 日

照片
——来自 W

照片中，皇家托卡伊 * 一般的江边
坐落着你的小县城。
两座明显高于其他建筑物的烟囱
举起蘑菇云，它们远超山顶，
乌压压几可乱真。
太阳已至黄昏，水面倒影将橘红色圆盘
拉长了些，反证着镜中真实。
照片中流水寂静，水边垂钓的人同样寂静。
而远山绵延，如卷轴中的国画，
对岸的楼盘、铁塔、行道树一起站军姿，
不过这横平竖直的对立，很快就因近前的芦花
达成和解；此刻，镀金的江面没有船，
这景色只属于你以及钓河的人。
而我正听着下午的钢琴曲，
那些摇摆的曲调和琴键一起上下舞蹈，
整个冬天都在弹奏。
眼前的照片也开始弹奏。
波光所到之处，太阳被无数鳞片切分，
均匀地朝岸边折射，而你就沐浴在光阵之中。
这时的你不是铁路信号工，
单车倚靠着你，与你共享相同的视角，
你们身后奔走着小县城典型的洪流：

人不多，但大都匆忙；
车辆不少，但几乎不怎么停顿。
消费主义的霓虹灯在闪烁，
其实，我也想看一看你的闪烁。
但“每样事物都有其局限”*，就像这照片。
它来自你，但我却看不到你；
只能凭空地想象你。
一只手托住手机，另一只手按键并拍摄，
这动作就像我听到的一个单音，
短促、唯一，跟之后听到的都不同。
昨天已经过去，我写这首诗。
突然渴望——像经历过
一生之久的两个旅人，我们一起
走到镜头内，那些绿得发亮的青草
将承接我们叠加的重力，
然后头顶的夜空慢慢变蓝，
像宇宙照耀我们。

* 皇家托卡伊，即匈牙利（Hungary）托卡伊（Tokaj-Hegyalja）葡萄酒。

* 出自布罗茨基（Joseph Brodsky，1940—1996）《致乌拉尼娅——给 I.K.》。

2020 年 11 月 23 日

草坪上的火炬树
——兼至 ZSY

它们像你，酒还未下肚，
就一个劲儿地脸红。
秋风又开始吹渭水了，
气温的封条，令它们再红
此生最后一次。

这两株草坪上的静物，
一株是火炬树，另一株
也是火炬树。二者
构成校园里仅有的集合
（另一种多样性）。

如同你和我，在图书馆
紧邻的队列中，共享
同类相似的面孔。
左侧的我不断消耗烦恼丝，
而你却在右侧计算荒漠。

但它们更脆弱，一滴水
就能洞穿轻薄的叶心。
你还感知不了。就像
稍高的那棵，无法彻察

另一棵落叶的悚惧。

我倒没有那么多疑虑，
你坐在这里，专注、匆忙
书写着现时感。我却
望向它们，并以未落之叶
攀临——最后的塔尖！

2020年11月3日

橘子来自南方
——为 W 而作

我站着洗净它们，
果香逐渐散发，南方。
那一张张脸紧挨着，
圆润地集合在玻璃盘中，
剔透的除了器皿，
还有皮肤下包裹的肉质。
我用眼睛剥开一个，
时间停止了，南方。
我站在洗手池边，
一动不动，“有多少想法，
未必就有多少混乱”*。
遂想起石门县的小城，
樟树还有澧水，南方。
我已经离开那里五个多月，
老街的路、水边的芦苇
以及时常飞起的白鹭，
我轻易就能将它们安放到
准确的位置，南方。
现在，这些橘子像秋天般
闪耀着金黄，它们
曾在你手中滚动。那些
温热的经验，南方。

一个橘子就是一种流逝，
当我吃掉它，灵魂
会瞬间照亮；但所有果实
都不是永恒之物，就像
很多选择，我们只能选择
其中的一个。比如
捂热你，或者放任你
远去，我大致可以猜到
种子相异的结局。
不过橘子来自南方，它们
都很漂亮，我几乎可以
想象你采摘它们时的青涩，
然后计算成熟的路途。
如今我终于吮吸到
远寄而来的蜜意，南方。
体内的快感助我飞升，
你乍现，像一个临界点；
而我，正遭遇被这群橘子
围攻的危险——弦月瓣中
万端奔涌的清甜。

* 改写自孙文波《在洞背村想到陈子昂后作》

2020 年 10 月 3 日

夜的眼
——致 W

告别将我们分置两头。
你那里将要下雨，而我正在
以骑行躲避烈日的焦灼。
看不见的火，在空中燃烧，
但雨击落樟叶的声响，
必将带着鲜亮，到北国造访。
我始终相信有一种天气，
居住在另一种天气里。
比如听你转述雷声，此地
皆是月明；比如我御风归去，
双目盛满清凉，你刚好
放下武器，与暑热展开肉搏。
有时候，我也能想象你
身着圆领 T 恤，沉睡、苏醒，
往返于轻车熟路的工区。
不过究竟有多久，我们再没有
穿过白衬衫？小学时，
那几乎是一种标配。如今，
失去白衬衫，我变成一颗
晚熟的榛果，等待着它的炸裂。
“嗖”的一声，童年隐去了，
现实穿云箭般地将我精确射下，

但时间回不到壳中，我无法
再走进十一二岁的年纪。
当然，你也不能，我的朋友。
我们彼此灌注异地的经验，
但还不够！因为这夜色够辽阔，
无差别覆盖你我。现在，
我们将要漫游在同一片黑暗里，
就像白昼中，我们互为交汇。
当小山似的星辰接连升起，
在夜之眼的注视下，所有梦境
都变成真实，所有告别
都预示着——云和水的再逢。

2020 年 9 月 11 日—9 月 18 日

这里的雨
——给陈翔

没有退路，该来的总会来。
这里此刻的雨，作为某种证明
还不够精确，但也能大概
估量出：北京到津城的距离。

两小时以前，你那里暴雨。
而现在，它们带来旧的消息。
伴随或远或近的狞雷，电光让我
看见：闪动的夜晚正值目前。

被狂风洗礼的植物，再一次
领受洗礼；而那些未经暴雨的路，
只能在黯淡的落日中消于无形。

借助雨的帘幕，我看到天空坠落，
而地面升起。一切颠倒的事物
全都指向渊底，也包括渊底的雨。

2020年8月12日

当你坐在旋梯上
——赠别崔筱

当你坐在旋梯上，撩发如飞，
我便想起，初见时你毫无伪饰。
三年了，你率先解开绳索，
剩下的谜团留给我，倒也磊落。

你俯瞰我的时候镜头也在看你，
作为目力的一种延伸，却并不挽留。
是时候了，我和这园子看着你走，
不过校门外从不缺少单行的路。

当你坐在旋梯上，时间也在身旁。
多么幸运，来的时候你是少女；
走的时候又将少女送还给自己。

头顶的夏叶滔滔不绝，替我们
倾吐。在那近乎澄澈的阴影之下，
你，连同你的长发一起飞走——

2020 年 7 月 31 日

小引河与晚宴
——给濯剑

继续走，让我们接近它。
老楼直立的背影，已远离昨日，
我们也被迫远离昨日。
校门因时局紧闭，如一把剑。

这平静且拒绝商榷的规训，
等待着人，前去击破。
但没有谁限定逾越它的姿态，
朝前走，进入肥绿的内部。

如此轻松，躯壳逃逸方盒，
白杨构成的茎叶之林掩护你我，
沿着小引河，可以走到明天。

而我的好友，暮色还很远。
接下来，必定是临行前的晚宴：
抛去旧的经验，重新历险。

2020 年 7 月 30 日

在穆旦花园
——分赠韩晨、濯剑

就是这里，竹林和柿子树尽显苍翠，
草叶摆弄针尖；不断攀援的爬山虎
无所畏惧，它们叶片交叠，好似我们：
轻盈、漫卷，随风跳出翩翩的舞步。

这样的下午刚开始，便到发条的最后，
但我们还有各自的余裕等待支取。
今后的钟表注定会更快一些，而雕像
将一直站在这里，迎接其他的足音。

“人生本来是一个严酷的冬天。”*
但现在正值炎夏，至简的衣物放开手脚，
因此这里火热，又充满笑闹的蓬勃。

当我们并排坐定在诗人的凝视下，
时间开始了。不如奔走吧，我的朋友！
以此告别鸣噪的风，以及它的苑囿。

* 出自穆旦《冬》

2020 年 7 月 29 日

绝对之夜
——兼赠宿醉诸友

太阳照耀着西半球，
黑夜照耀我们。许多旧时的燕子
忽地一闪，就滴落到杯中，
变成透明清冽的事物。

这些澄澈的液体引诱我们，
然后，撕咬我们。身体向前倾，
意识往后退；荡开的交谈
如荡开的波纹，一遍遍反复撞击。

宿醉像一条潺潺不绝的小河，
我们浮在船上，但缺少摇橹的人。
萦绕你我的，全是过去的迷雾。

我们没法分辨水的流向，
但历史的陈酿已从游漾中升起，
许多清醒，都源自某些隐痛。

2020 年 7 月 24 日

我们一起坐在……
——给秦政兼祝生日快乐

我们一起坐在人工草坪上。
那些白色标线，隔离出球场边界；
但我们轻松就能将之逾越，
星空在头顶，是不可否认的蓝色。

其实，我们也没想否认什么，
比如笃定的爱，或者笃定的恨。
当我们背对晚风坐在一起，
夏蚊成雷，却也能构成片刻虚静。

总有无形之手将我们聚拢，
大量热浪从身旁涌出，充满激动，
这来自你的鼓点敲打着我。

无须其他仪式，讲述即降临；
时间的交集也逐渐显形。透过光，
我们貌似游离，又遥相握紧。

2020 年 7 月 19 日

寄南
——给张斌兼祝生日快乐

白堤路也开始下雨。比之前
更湿润，你的夏天正向这里倾斜。
而今天是即将解禁的周五，
我们共享此刻，以及往事与旧时。

白云下你我奔跑，无数山丘
等待攀爬；但我们并未逐一涉足，
如今，类似的场景已被生活
尽皆收服。现在，我听到楼下

树叶无规律作响，像在鼓掌。
它们全都知道，夜有漫长的寂静。
我们，也因此有机会靠在一起。

在你的时空里，我被无限托举：
必须有一个角度，如月色慢慢浮出：
让我感觉到你，并环抱你。

2020 年 7 月 10 日

呼啸山庄
——致贾鹏博

朋友，时间已经过去很久。
荒原渐薄，印象中仅剩慑人的哀嚎。
当凯瑟琳和希斯克利夫一同谢幕，
我们退场并返回生活的重心。

剧院之外，海河的水声还能听清，
如同我们刚来的时候。那么多的起伏
供观看者抓取；但你和我，
仅需其中最偏狭的一处水域。

置身于被故事围困的座椅之内，
以视力应对舞台。演员在我们目前
驰动，连同他们奔涌的身影。

海河也在它自己的舞台上奔涌着。
初秋微凉、随暮色流动，我们
看着这城市收拢，就像合上一阵风。

2020 年 7 月 9 日

中坡山遇雨
——遥寄吴云

五月九日，中坡山道中遇雨。雨具未备，与友人皆狼狈。于一方凉亭暂避，偶得方寸之闲，犹喜。半晌雨停，风呼横壁，相偕而归。遂为此诗。

在中坡山，森林是一座城。
我们住在绿色的城中，
外面的人住在另一座城中。
我们与树木同行，
它们在道路的拐弯处
牵手、拥抱，但你我却被
拉入好一座云雾大阵。
“我等待着，却不知等待什么。”
那些久不消散的水汽围绕我，
其实也围绕你；它们是
行走的词语，只需要时间
给予致命的一击。
但“致命的仍是突围”*，
上山是一种旋律，河流倒流
是另一种旋律。一些鸟
从我们身边飞过，呼唤着
春天的秘密，这让我
想起半月之前的你。

坐在你身边看云，我看见
水面上有另一片云；
对我来说，那是云第一次
构成生活的命门。
中坡山献出一切充盈，一切
新鲜的绿；我们本能
提前走完这旅程，但是雨
“仍将我们说服”。
留下来，还没到太阳落山的时刻，
我和你并坐，任旁出的雨水
肆意抚摸。来吧，你还有
一首歌，而雨继续降落。
这些云回归到地上，它们
开始听，开始蒸腾出
更为致命的围城。

* 出自张枣《卡夫卡致菲丽丝》

2020 年 5 月 11 日

看河
——写给 W

那天下午，我们一起去看河。
远观的时候，河水甚是缓慢，几乎
撑起一种表象的宁静。但
当我们接近它，你说：“原来水速
这么快，如此地快。”我点头
默认，然后指着不远处钓河的人。
他笔挺地站着，与水面构成
两道直角，而我们分列这直角的两边。
朝前走，直至越过他的界限。
我们终于将彼此的身形合二为一，
然后同样地站成两道直角。
就这样站着，等候那些和我们一样
准备跨越的人。河水继续
自顾自地向前流动，但我们准备
停下来，因为傍晚降落了——降落到
我们所处的同一个地方。
一群飞蚊紧紧缠绕我们，但
没有什么，比出来看河更幸运。

2020 年 4 月 19 日

水边
——给 W

最好的场域是一处水边，
我们散步，并根据波纹的褶皱
调控着脚下频率。从初见
到排坐，水边见证这暮春的
即兴。无数问题从江底
涌出，无数重记忆的叠汇。
你是否曾预感到巨浪，
或者一小场风暴的游戏？
但如斯的清爽从未有过，而这
已是我的全部。我带来
整天的晴朗，但你是晴朗
带来的水边船长；顺着你的
精确指引，我们终于勘透
这城镇。在水边种植
一些驳杂故事，不问收获，
只攫取一只鸟，一抹江水间
扑扑飞腾的白色。没有
任何黑暗，你我的心室明亮，
如同旧时相识。谁同你
在水边走过，又留你独自
住在水边？但我沿山路而来，
像一个打擦边球的旅行者，

无意考虑前方，于是我们互明，
并说回到九〇年代。
在那共通的水底，有无数条
招摇的水草；而你
剩余的心事，我愿留待明天。
当水边行人渐多，我们
起身，将更多的石头
抛给后来的人。最好的水边
是同行的水边，我们欢喜，
同时承担剩下的风险。
如果不要这肉身，我还
能否找到你的位置？或者你，
又将给我哪样的讯息？
这复杂的事物，就像命运。
但我们是可以滚动的圆，
唯有摩擦，能将这即兴的故事
挽救于——结束之前。

2020 年 4 月 16 日

新雪
——给秦政

暝色将城市交付新雪。
空旷的夜空，我们如两片花瓣

汇合，然后以相拥的身姿
同世界一齐旋转。银色的萤火

在头顶闪烁，那种晶亮
映照着步频的松软。当你向上看，

它们就轻盈地下跌、聚尖成塔。
如此平顺，我们在新雪的轨道上

运行，然后降落成地平线
精灵般纯白。今夜，我的邀请

准确地索引出安慰，这源自
你的安慰，在大中路漂移。

但身旁的冰湖如镜，那些游鱼
隔着玻璃仰视天空图景。我们决定

拍摄自己，结冻的湖面又在背后

反拍我们。多么热情，新雪

一遍遍召唤旋转的使者，它们
落在衣领或者头顶，你我

就化身雪人。一阵阵风声让
天地的琴键复活，音乐响起来，

我在你的一侧窃听到欢愉的一侧。
啊，我的星辰，我的朋友，

当我们告别，雪光又多闪了几下。
下半夜即将升起，然后是黎明。

寒风报晓已开始预谋，新雪没有
写下姓名，但它们未曾空缺。

必须铭记这交汇的片刻：如果
再来一回，我将敞开门，制造出

某种动静；然后拉你进来、入伙，
最终收束于合拢天地的眠意。

2020 年 2 月 6 日

在大中路
——致饭圈诸友

太阳缓慢地筛下细屑，
那些金色的星点自
树顶飞散、落地、杂居，
周围便暖和起来。
这清秋的午后，行人
逐渐流通，打开
关闭一整晚再加一上午
的话匣子。我们
是这人群中间的异数，
他们有来有回，像
不远处小引河中的游鱼；
而我们停下，让时间
自己扑过来。但我们无法
抓住它，在即兴的
校园拍摄中，太阳悄悄
拉开你我之间的距离。
大中路适合停顿，
喜鹊飞过几回、叫过
几次，我们不知。饮下
多少分别的酒，我们
不知。眼下，这被拉开的
距离仍属安全阈值，

我们在紧邻的坐标轴上
共享相近视点。
此刻，雕琢许久的园子
不无新鲜，而我们，
却是旧时相识。当脚踏声
行至拐角处，五变成四，
四变成二，二最终归为一。
现在，我们被太阳
用锯条拉开，明天午后又
会再次合拢。回味这些，
我忽然发现窗外有光
闪过：一抬头，宇宙正
抒写着湖蓝的无限。

2019 年 10 月 15 日

在人大散步
——给陈翔

拣一条僻静小路，像两只
松鼠，收集槐叶投下的果核。
你我从容走线，光阴的夹角
缓缓褪色，直至黄昏
从身后消失。回过头，我
几乎听到穿针时的声响。

那是我们第一次见面，
江城的雾气包裹着整座城市，
我们漫步在跌宕的环山路，
随暮色下的东湖游荡、起伏。
时间仿佛未曾走动，此地
像极了原地，但我们把“二”
变成了“一”。这共通的
容器致密，承载汇合的无限。

路灯下，你我网罗词语的
弹跳，多少次分而捕食，
也抵不过此刻。如两本小书，
我们被校园的方盒收纳，
然后送出门去。昨天的雨
衔来今天的好天气，这城市

游客很多，但少有人
进来，窥探一勺的池底。

你我终究是要下水，这
散步的一隅暗含隐喻。并行
离开的途中，暮色已开始
闭合，光晕兜转圈出了句号。
不必惋惜：校门外等候
我们的，有更硬朗的波涛。

2019年10月08日—11月12日

作为一种练习的送别
——致孔德

如果不相爱，我不知道
夏天有什么用；如果不送别，
我不知下雨天有什么用。

天气关涉到每一个人，
但并不是所有人都将天气
写进诗，并传递给你。
而送别是我们一生的练习。

就像众神的工作，不过是
在道路两旁多种一些树，留待
必要时，一起躲雨。

我们都是赶路之人，行走
几乎占据了一整片绿荫；但
近旁的眼睛，却被雨水
洗刷得如此透明、接近镂空。

我宁愿站在树下，不断翻动
词根——你是冒雨探路的
另一只鸟，理想中身轻，而
现实质重：这多像前方的险境，

但我们可以食竹、饮泉，
可歇脚于冠顶宽阔的悬铃木。

目送你沿车流逆行，直至消失，
然后冲破云雨区危险的包围，
南方，终成无名之“远”。
那也是我内心的远，一种致幻。

所幸天津暗含渡口，这里将
组装起新的生活。而我必须以
植物的韧性度过长夏，继而
迎接你，从潮热中被再次携回。

如果不送别，我不知道
醒来有什么用；如果不淹留，
我不知送别有什么用。

2019 年 7 月 7 日

城中路
——给孔德、崔筱和 Prof.G

于是我们右拐，跟随
抒情的转向灯进入另一条
主干道，这横向的笔直
被我们逐一铺砌。
城市在喧嚣中噤声，
我们终于听见自己，听见路牙
区分出细碎情绪，
我们的脚步也一样细碎。
再次右拐，湖面成为
夏夜的必需品，就像平整的冰
需要切割时的震颤。
于是我们在湖边描绘蝴蝶，
翩跹、游弋、鼓风，
一整片湖都为我们倾斜。
我们的话语如春融般堆积，
有时也汇成整体，那些
被弹射到夜空又失去身形的
透明事物消失，然后降落。
没有人能逃脱这网罗，
这是我们的工作：
不为别的。水的闪亮
存于你我之间，如同笑，

如同温热的风中我们合唱。
我从未怀疑相聚的美，
就如我把夜游当作
危险的小事加以点缀。
最初，我们是一起赶路的人；
但现在，已分心策划重逢。
不过此刻的营地
仍无尽敞开，我们拥住
天津城的道路，就拥住了
步履交叠的身影。
如果再注视一阵儿降温的曲线，
清晨或推窗而出，
而我们，将成为更新的人。

2019 年 6 月 28 日

南寄的雨
——致张大斌

这里少雨，要用数月的蒸腾积蓄，
才能抵达你。我熟悉南方的雨，
它们肆虐过的街道，留下不少肢体，
大到头颅、小至毛发；而我
惦记你，你所走过的小镇在地图一角，
我也走过那样的幽径：潮湿的气味
像蔷薇，风一吹就张开翅膀，
那些花瓣一样的雨点，教我分辨你。
分辨你在转角时的体态、气味，
以及一千种、一万种自持的口吻。
我还够不到你，老朋友，但我愿意
这样叫你。从南边携来的经历
正在逐年交回，我在北方的黑夜里
独醒、举目无亲，而你是一盏灯。
那种有玻璃罩的灯，你应该也见过，
虽然不够明亮，但它们可以牵引，
可以让我为你描绘。春天终会降临，
雨水也将凝聚，而你正在长成
最透亮的一滴。

2019 年 5 月 3 日

陵水之夜
——兼赠同行诸友

驱车驶离中心，陵水的郊外
绝非荒野：海不停地涌动，
并以澎湃揭开岸礁参差的节律。
我们同大海一样清醒，
但渔排摇晃着疍家人的瞌睡，
这些以海为家的居民
已经熟稔生活之咸；而我们，
正在他们的一侧消磨夜、消磨海风。
空气仍旧保全湿热，拂动
送来阵阵流星般飞驰的清爽。
此刻，疍家人习见的景象
映射成我们的新鲜。
椰汁和炒冰构成同类项，它们
合并，整个夜晚就消逝多半。
然后是吐泡泡的啤酒，
在南海边，我们从这闪光液体中
窥见积年不化的自由。
多么难得，你我像一群
吐泡泡的热带鱼，啤酒一饮而下，
身体就旅行到宽阔的海域。
招潮蟹结队起舞、海豚逐浪、白云
被抛落成无数粒珍珠，

多么轻盈、多么各司其职，
我们举杯并迎接这无端的自由。
这自由，真实得如同
海湾的碧透；在这边的一隅，
天空离水也是如此的近。
交谈持续涨潮，我们以波频的速率
继续挥霍这良夜，然后
是大海般空白。当我再次睁眼，
身上已栖满阳光：力的温软。

2019 年 4 月 24 日

游园之人
——致陈翔、义洲

在颐和园，唯一真实的
是蠕动的人。就像
十公里之外的内陆广场，
他们被判定为人群，
并以同质的神情致敬。

在颐和园，我们仨同时
下水，但又感觉自己
是一个人。脚踏船围剿
前朝的寂静，而我们
像极了波面的浮泛。

在颐和园，抛入湖底的
尸体多次闪回，旧事
不过是重提的神秘。
除了疑虑，湖心一无所有，
我们相遇但并不相同。

在颐和园，上岸便融入
混凝的姿态。我们
仍能看清这片湖的掌纹，
而它，却在人群与数条船

中间变缓、变得更蓝。

在颐和园，人和人群
作为一种思想挤压我们。
多像这城市，它急需归拢
行人，但在顺服之余，
总有人需要单独的房间。

在颐和园，我们感到
自己并不是一群人。
不过，新生活早已将
一个人的颐和园变成了
一群人逐流的虚无。

在颐和园，做皇帝的梦
仅存于湖中，这伟大
的欲望属于我们；它虚幻
又实在，只消坐在船头，
就能以水为玺、封土授爵。

在颐和园，唯有我们
能以纸包住火焰，
它的光照耀内部，照出
水天旋转中的绕岛；
最后，绘制出完整的圆。

在颐和园，我们的小船
积蓄起蛰伏的灵感，
如词语般光滑，启程作别
红墙，归程止于翠柳。
而你我，则属于另一类

游园之人。

2019 年 4 月 9 日

去滨海图书馆
——给陈翔

新消息，将你从帝都拨往津城，
再一次搭建的二重奏
接续原初，齿轮微微钝了些，
磨合成树与长窗的对饮。
演奏与静默更替，如酒杯
交错略有间歇，而流水奔泻。

于是向东行，去滨海图书馆。
多次协议的内驱力
鼓动双腿，新交通工具途中，
你的浅睡携来身体的潮汐。

午后被切分成两半，我们
步入双行道，左路措谈、拭镜，
右边收摄汉字、联动诗集。
身下，这临海的脚底并无影子，
我们对坐，在无知无觉中
漂浮、降落，搬运时间的长度。

这是我第一次作为周一的闲人
问世。于是返回途中

就已约好，当春树开口之时，
我们就以转场再交换一次。

2019 年 2 月 25 日

庆丰路上的无名骑士
——兼致孔德

整个庆丰路都没有人，
像结了冰；
我们的骑行也因此凝成骑行本身，
无人超越我们，
我们也没法追赶不存在的云。
这里是天津的庆丰路，
而不是因包子出名的北京街道名，
虽然它的拐角处
坐落着一家全国闻名的狗不理，
但那里现已门可罗雀。
有些辉煌，就像忽闪的传说，
一旦冬天降临，
无论多么圆润的屋顶也抵不过落叶，
萧条成为最显性的特征。
我们也是无名之辈，
轮胎声化成另一种足音，
今天碾过了，明天就用下一页新生。
这冷风中的行驶是可怕的，
我多么恐惧消失的岸、隐身的门，
以及瞎子站着发呆的桥。
天空传来雪的呼叫，
我们还看不见，那些轻盈、那种

厚重、那片白色之海的营造。
但这种骑行让我疼痛，
低温在吞噬我，肉身变成飞逝的星，
然而正是这肉身
在一上一下的踩踏中构成我们。
当你我抵达归属地，
无须赘言，就像彼此每天的工作，
力图消灭废话、放逐含混；
但今天我们还需要别的，
楼梯口深入、避风，并向我们
招手：“来吧，温暖的房间。”

2018 年 12 月 5 日

在午夜
——给田森

呼啸的车轮碾压两部个人史，
我们入座，以冬赐之食
为端口。带倒刺的风又开始鱼跃，
是它们鼓动杀伐的季节
将我们团结在此刻。
随木叶翻飞的云层低头俯瞰，
不觉发丝已被盘卷到夜的边缘。
你可能没有注意到雪，
它们也在途中；而我们，
是将要与之同路的人。
气温下跌，食物取暖的功能
被加速传唤，孜然弹跳的时候，
味蕾也炸开了水晶花。
当我们起身、离座，云层
已在辉映中提前退场，
依旧年轻的，确是我们。
一大片开阔地在眼前延伸，
我们铆足劲，以车轮滚动的影子
周旋在这深海的余音里。

2018 年 10 月 8 日

月下作
——给 G

拍湖的人，
其实在拍它的反面。
月亮浮在高空，
以最完美的泳姿
照临节气。
岸边几个离群者，
观看离群的鸭子凫水，
纹路很清晰，
这也是一种愉悦。
当我们转身，
就已经再次约好：
剩下的倒影，
会在下一次来到。
但是在秋天，
汹涌的事物逐一退却，
移动渐渐变得
苦涩。所以，
请期许未至的残荷，
请饱飨此地此刻。

2018 年 9 月 26 日

到木鱼镇去
——给 C

不管太阳是不是长出手,
七月在野,
热风犯不着作响就
抓住万有。
可我们并不是猎物。
没有一棵树静止,
没有一瞬,
我们不是在地平线上游走。
去旅行，坐三小时
寂寞的长途,
忽有小溪被山谷控住,
流着流着又由它了。
空气持续变重,
稍一用力，石头就沁出水来。
这也是风险,
湿润意味着磨损,
也促成了季节性饱和。
唯有黑暗,
是随时间不断爬升的。
当我们距离鄂西北越来越近,
我几乎怀疑,
大脑皮层的兴奋

能否强撑到票据的终点。
身旁，你踏实的酣睡
加速了我
打开地图的频率。
陌生之网即将扑向我们，
而我们，就要成为当地人
等待的汽笛，
一种资本流通的符号。
随着两侧高山将天空半开，
我们便抵达了。
这座小镇清凉、喧闹，
柔中带刚；殷勤与朴实
正在夹道，它们轻易
就抵消了外携的偏见。
我们拖着行李，
在夜色下沉的气流中，
走入一颗
闪闪发光的心脏里。

2018 年 9 月 12 日

海河夜游
——兼赠同行小友

本是一天的余兴：夜游，
被推向光阵的核心。
别分神，水声中逆行的鱼群
就像我们，涌进了网，
又在新的容器里摆尾、浮沉。

走下去未必是深渊，
当海河的水面顿起波纹，
孤岸就势返潮，澎湃出新的和鸣。
交谈，让此刻镀金。
斑点外生机密布，
别惧怕——那指涉隔断的谣言：

人生不相见，动如参与商?
但我们三人成虎，
六脚就将夜色踏平；分别
让人相信冥冥的助推，我们
注定要游到同一个地方去。

2018 年 7 月 19 日

祝福
——给 X.J

迟来的不会贪早，
但必定更繁。这里的花期，
　　你看——

暖风摇了几次，
枝头的黄鹂、锦鲤，还有北极熊
就开始走动。它们登高，
又在夜晚簇拥、抱成团取暖。
这群天使热烈有爱，
用贞洁的瓣泛滥，旋又投中我们。
遂想起大幕下的银河
将村镇反映，在南方的
阵雨中间，我们随流水奔腾。
一整个秋天，无数个
反复转向的夜晚。没有谁
知晓回忆隐去的路，但时间
必须沉下，星月也必须
　　　　　　　　　　飞起。

迟来的不会减缓，
但必定更甜。就像我的祝福，
　　你看——

2018 年 4 月 8 日

北方的阴天
——给 Z.S

北方的阴天，麻雀群
像陀螺一样发烫、盘旋；

挥翅的风来晚了，城市
在工地的残角废料中

苏醒、站立。晚睡的同学，
你可有这种苦痛？

下楼梯，穿过巷子，
直播、共享、复制楼……

我们吞咽新名词，
以五分钟扒饭的速度。

生存着，像目之所及
的建筑直立，又像

想象中的大河，拥有无数
折叠的拐弯处。

在春天的阴天（气象

赋予我们睡觉的时辰)，

我们仍要赶超麻雀，
而麻雀从未晚到，从未

将闹钟一次次拨前。
气层之上的宇宙依然干燥，

你也渴回南方？
楼下，一辆装载车急停，

我纷扬的情绪就要
随商品卸载。你！

我早起的同学，可
也有相同境遇？

这倾轧“慢”的冰川快速
聚结，总是像阴天。

2018 年 4 月 3 日

靠近你们
——致 B.B & Z.Z

靠近你们，我才第一次
领受到料峭春风。多久未饮酒了？

我们曾三人携手——
将栅栏上的单车翻手覆为东湖。

想起现已失踪的“醉”，
就暗自周转计划，让弧度锐减，

并增至行程之上。靠近你们，我又
开始隐忧：浪漫的骨头。

2018 年 3 月 20 日

北中国
——致 Z.B

雾霾封锁南望之径，长途被噬却更遥不可及；混沌处，
仍有打桩声和电钻声侵袭着北中国，地面和墙壁同时
  漏风：

于是窥见晨梦加身的你——就要迎来一波波光潮，或
  者情雾。
而我仍在书本里，如象形的壁虎，缓缓湮没于边缘之内。

2018 年 3 月 17 日

海河及其他
——寄述川

骑进去。* 那些树枝的总角
在围墙上牵手，它们还太年幼，
送块儿糖就是喜欢，
在字条上说爱。谁都有这个时刻。

现在远山淡去，我们
长出胡须，就像你偶然低头，
发现两侧的裤兜已经起球，
时间抚摸过它，正如它
抚过你我。游走者竞相拍照，
苦心孤诣、留下无人区，我们身感拥挤，
步行的躯干和平行物相同，
这些固定、非固定的建筑构成
雇佣关系（某种反噬的占有）。

你说“逃逸”，用最轻松的杠杆
承担。没有其他说辞，我理解空虚
以及你身体的惰意：打下无数腹稿，
而拖延使其流产，或缓慢发育。
我敦促你，又对你的处境
表示同意，这些东西注释着你，
然后，你成为你：这是一生。

无数波水浪被切分，又在回荡中
彼此握紧；当夕阳熔尽时，
海河并未向你我倾斜一分。
垂钓者给食的场景，让我随水圈
溯洄，在未相识的经验里，
你的幼年，还有多少
额外的声音，在穿回？

* 出自王子瓜《喷泉街》

2017 年 11 月 15 日

作为一场送别的小雨
——给陈翔

又轻又巧，它比以往任何时候
都来得平顺。

借着两种原子的组合，我被触摸
传送到停在南方的时日。

那时也有微雨，也有逸事黄昏。
我目睹你匆匆来去，一次，再一次。

此刻，凭着伞檐下闪动的液滴，我
窥见你经事后的沉稳、有所游刃。

那时常有间断性叹息，也常有火焰；
现在，雨融入了你。

这么慢，这么清净，我们就开始
克服天气，以及它所馈赠的不容易。

2017 年 10 月 7 日

即散
——给珞珈山

我看见了。
那些
细小的渡口，
撑柳叶舟的石板鱼，
一如既往的
建筑。
小螃蟹作为
下一次道别的乘客，
分享艰难；而
栈桥越发的
瘦骨嶙峋——
即散是既定性
突发事件，
我会再来到你们中间。
欢饮会来到我们中间：
被时间萃取的，
被流水碾碎。
对湖开瓶，
呼啸声驶过去，
变成滑翔，
变成浪……
无端感慨，

“痛苦就是直接”*。
我看见了。
那些
熟悉的风向，
每一片梧桐都在飞速
易帜，变成
频频挥手
并参透出叶脉的
朋友。

* 出自马雁《樱桃》

2017 年 9 月 12 日

转场
——分赠息为、立扬

就让我容纳三分之一个宇宙

三年来最温柔的六月
以傍晚抚过我们，梅雨的气息
在抬升，水滴爬上太阳穴。
街道口修新如旧：一贯的拥堵、嘈杂，
富有力气；我们钻进它，
就像三年前，我们钻进整片盐碱地。
现在，这个傍晚就是好生活：
图南之宴，言笑晏晏。我们
对坐、并坐，慢节奏交响竹筷。
窗外，打探钟点的灯光频频转动，
但杯底的圆早已漾开了去……

经由提醒，我们起身、转场：
从珞瑜路到八一路，脚踏声
轻易就唤出了往事，将要无人问津的
青春。再往前走，一阵旋削的风
催出一句“好天气”；我们终于拥住
这夏夜，东湖又在不远处拥住
我们。今年，命运给予三次更加
辽阔的转场——我们就要相隔数年，

而“数年如零”*。脚下这走了
一千多次的路途，依旧那么
新鲜，有那么多的转折点……

* 出自狄兰·托马斯《青春呼唤着年轮》

2017 年 6 月 23 日

抵达广州
——给登峰兼记一次考博

从南移向南，潮气自海面
送出月亮，一轮我们无法擦亮的盆舟
沿地图向下，将纬度潜到此处
较高的积温终于占据上风
最先拾起的，无疑是洋紫荆和假槟榔
前者淡紫、硕大，活脱如音符
后者拼接成山脉，笔直、绵延，在
人行道上站军姿。这里全是色彩
一时无法理解的景象；它们
如何通过质检？又怎样叠成形状？
如果我们能把握整栋红楼，就足以
把握这座城市的腐烂、湿答答
与最直接的生长。那些“呲呲”声中
逸出的分裂活动，也像你我
一样卑微，默默在夜深人静的轨道上
艰难赶路。被轮胎磨平的滨江路
同样黏稠，但我们从未如此
从未在一条异域的水道上绝尘而去
三月的广州会替我们打理：
藏身茶楼，叫一份天鹅榴梿酥
不请自来的水汽秘密临幸，召唤出银鱼
美食令山河退隐，我们在勺子的

反面打磨铜镜；月亮，也在日间
渐次明晰。随之明晰的，还有
浮闪的返场票，和我们的未来时刻

2017 年 3 月 11 日—3 月 16 日

诗的意志
——给陈翔

分辨词语和技术的手诀，
宛若春煦，它刮出一切花苞，

一切幻象，和一切的绿，
而时间足够磨平任何巧拙。

通向智力的窄门低矮、难启，
给我们丰富和丰富的痛苦。

大地在凹陷处伸出旗帜，
头顶层宙以思想喂养着行星。

无论谁来打听诗的意志，
世界或将沉默；没有

恰当的词，没有万全的石头。
有时候沉默也是深的答复。

2017年3月16日

磨山道边
——给张大斌

我看见了，那道疤痕仍驻扎在你的上唇
它像一处不规则遗址，索引出史实：

那天，你在磨山道边蹲坐着
鲜红从身体内淌出来，沥青路也被迅速点染

多么盛大的仪式啊，以血为祭的补偿
那突如其来的跌倒与冬阳构成强大张力

而我已差不多被你的受伤大幅度击溃
当潜意识回过神来，才赶紧问你感觉怎么样

伤着了哪里。你说，还好
我接着问牙齿有磕到吗，有没有骨折，脑袋感觉如何

你说，都还好。但手上的纸巾已将
吸附能力发挥到了极致，我递给你一张新的

血，始终不停止。那辆肇事单车横躺路边
有游客不断从旁经过，向我们投掷不同颜色的眼神

顾不得那许多了，医院是应急中的向导

我们熟谙：哪里有人倒下去，哪里就有人站起来

所幸有一台巡逻车从低处驶来
我扶你上去，坐定。然后骑上车，在后面朝你追赶

你离我的距离越来越远，我开始害怕
脚踏板的速率瞬间升至最大

在医务室，护士简单清创后再度上路。游人很多
我们从湖中道向梨园医院缓行，沉重的铁杉挪不开步

烦琐的挂号、填病历、办就诊卡
这些呆板的程序与突发性事件不能和谐共处

而我们就是这样被规训的。大年初一
你我脆弱的心，仅能迎出一句钉子似的“转院”

在中南医院，我们接受相同的主宰
下午四点，“武大口腔”成为最后的筹码

隔着吞吐黄金的东湖，那所医院小得像一枚鱼蛋
我知道，你的心跳有多么狂烈

来自后视镜的凝视催落了不少叶子
重重的天空底下，我们是蜉蝣的另类佐证

当出租车抵达目的地，空茫的原野突然显现出光
你躺在手术台，医生的双手飞快轮动

一定存在某个瞬间：石头落地，坠入深潭
半个小时后，伤口被仔细缝合

这场突然喷薄的火山总算偃旗息鼓了
我们精疲力尽，碎步而回

那天深夜，一股内省的力量旋转着腾起
我们之前有讨论过如何避险，以及难兄难弟的含义

此刻，你的残缺确凿无疑地出现在大脑屏幕上
它与之前的区别是明显的

在南方三月的潮湿中，我转动词语
妄想将彼此亲历的记忆，摊放到浩瀚的虚空里

但是，没有人能抓到宇宙深处的矮行星
而我们，还会时不时地遭受青铜雨

2017 年 3 月 9 日

并不为他带来鲜花
——寄林鹏

凝滞的灰。大楼沉于自身的轮廓
草色不动，鸟蹲在窝里，不叫
背阴和朝阳的房间无异，闷热压头
多么浓稠的一个清晨啊。五年前
我们脱掉鞋，站在黑黄混沌的泥流里
像四根柱子立着，沙、泥巴、小虫
相继问候彼此的脚掌、脚趾和脚背
感觉很奇妙。你说，得有一个形容词
“浓稠”，来自我的回答
“浓稠的规定之一是包含物很多”
感谢那场持续将近一周的大雨
感谢此刻的灰，让我重又想起故人
以及他带来的话语：不是鲜花
也不是易逝的蓝。当浓稠锁住一切
你的地址便在高密度里得以显现
能将它勾勒出来的，不过是五月初
地上的一叶玉兰。我多少次低头
走过，却只洞察了更小的尘埃……

2016 年 5 月 1 日

新年问候（一）
——给锡凯

入夜后的东湖过分冷清——
栈桥骨感、水面萧瑟，摇蚊匿去踪影
新年的第一天始于下楼，终于
两座浮岛的踱步。我们谈及过往
谈及岁月仓皇——往事
同这个季节一样冷冽、有风
而我们都未缩回襁褓。有胡楂儿的脸颊
与内心一样坚固，而紧锁在
抽屉里的纸条，谁又舍得焚烧？
所以，就闸得更紧一些吧。身体的缺口
会被阳光剪得更碎，但春天终会来临
山川和平原将次第交汇，并相爱
我们越过多雨的梦境，时间就会开始
所以祝福，所以寄出这份问候

2016 年 1 月 1 日

重复这路途有点儿笨拙
——兼寄述川、朝贝

从扬波门到枫园，途经紧锁往事的单车
我们都错了。所谓的钳制只是将踏板生生嵌入
（栅栏有个凹处），而想象笨拙
懒惰让位于经验的谬误，绝非触摸

我重新走，这条你们跋涉多次的旅途
眼睛无法收回旧时的湖水、蝙蝠和梧桐树
如果三人行，奇数将打破单调
遂想起，夏蚊成雷中辨认起路边植物

今晚，我重复这路途（有点儿笨拙）
脚下的柏油路修新如故，但东湖的水就要越冬
落叶和飞虫沦为尸首，任瞎灯凭吊
仅仅在一个刹那，目睹和听闻尽成灰色

我们从北往南依次加衣，又由东向西地
逐一入睡，这像鱼刺扎人的情绪步入枯水期
你我必须积累。在这里，我们能够
眺探往事的复活；等春风回暖，再次热爱

2015 年 10 月 31 日

接你
——给张大斌

第二次接你，仍是汉口火车站。
行人的脸庞浮过如平面，
眼镜寻访：栾叶在你头顶放置的梳子。

我们身着轻衣短裤，向地铁站匍匐
（四臂沦为日光炙烤的铜棍），
橡胶轮一前一后地碾过广八路
（时间咿咿呀呀，饥饿跨过铁门），

珞珈山如你来路起伏——横亘在眼前。
高架桥前回转，即是我们的环线。
孔桥给东湖撑伞，磨山油油地立在对岸。

2015 年 8 月 5 日

这片东湖
——给朝贝

月亮的疤痕被波纹吞掉
水声在湖面表层
应和着梧桐叶片的振翅

我骑车来到栈桥：一排囚禁双脚的镣铐
所有影子和四面八方的光
都刺向我。这片水域开始朝我进攻

并不能听见鱼群夜话，也无风涌入
广告牌背后不再是飞蚊的临时避难所
我的身后，忽然站满故乡的树

再一次来到这片东湖
更多的遗憾交由更多的离别填满
友情总是覆水不收

然后果实般回头……

2015年7月15日

汉口江滩口占
——兼寄朝贝

丰水期漫过“危险区域”，
大桥和二桥比邻而居，
你赤着脚，清谈的浪在趾间呼叫，
我们的鞋在奔跑中悬空，
和江风一起摆动。

以头顶最燥郁的光，
追逐激流；以最冲动的想法
将一切埋葬，就在此处。
夏蝉齐鸣的地方有一棵开口的树：
它疤痕参差、纤维笔直。

这多像，一个跳过水的人。
而我们专心地看、卖力地听。

2015 年 6 月 25 日

一起
——给 Z

从三环走到枫园，时间不短
我会选择骑车，骑那辆红色山地车
习惯在石头那里等你，等你佩戴莫须有的
假睫毛。汗水被夏天和风同时用力
上山，我们依次辨认柏油路两边的植物
并不断重复。一左一右的双腿上
夏蚊成雷。山风在傍晚时变得寂静，我们
说话的声音不大，但很清晰，就像
我在此刻的身边看你——

珞珈山上的每一条幽径
都有具体朝向，就像我们在
选定的某处朝反方向出发，
余下的便是再逢。“一起”远比
其他来得残忍，我永远不会
告诉你昨晚梦见了什么

2015 年 6 月 19 日

3.

自己的园地

和父亲一起劈柴

父亲的很多领域，我都不熟悉，
譬如耕地、打围以及他
谋生的手艺。唯有劈柴这件事，
能让我加入他的阵营。

和父亲一起劈柴，其实
并不是让我去做劈的动作，
而是在一旁看着，和他拉家常，
间或帮忙堆砌劈好的柴火。

如今，再也不用担心冬柴
不够烧，那些艰难年代
正在父亲身上区别出整片平地：
一半是坚冰，一半是崭晴。

但劈柴这件事，也是笨功夫。
斧头的重、柴火的结实，
还有工作时间的线性运作，
都不容易；而父亲却必须拥有。

我看着将工具砸进原木的他，
脱了衣服、喘着粗气，

一遍遍将挥舞的劳作制成
镜子，而另一些人正映照其中。

他的父亲，他父亲的父亲，
还有诸多被磨平的祖坟，
都在镜中。但我不想成为父亲
那样的镜子，去重蹈命运。

当然，父亲同样也不希望
在其中看见我的痛、苦，
乃至那些我必须经历的摧残。
爱是预感到冷，并捧出火。

和父亲一起劈柴，实际上是
他劈出火，然后我去接受
火，接受父亲身体中火的热灼。
但我，将用这火，引燃火把。

2023 年 2 月 13 日

蛙声问题

今天的蛙声和昨天有所不同。
确实更洪亮了些，就像
这季节里日日上涨的叶的鲜活，
发光是它们的灵魂。
我躺在床上，一遍遍预想
工作繁复的明天；但是今天
还没有过去，而昨天的负债以及
因它产生的碎花利息，
都已附着到今天。
但今天很快又要过去。
那么前天是否也有蛙声呢？
我不记得。明天它是否会再来？
我也许不能够察觉。
这么曲折的日常，这么虚弱的空，
而我被告诫要去克服。
蛙声又响起来了，
那本该指引着的欢愉
让我困倦；闭上眼才能想象，
才能看清树叶上
那些反光的苍白与悲哀。

2022 年 6 月 13 日

午后
——怀念奶奶

午后，
无数阳光涌入，
而风，搜刮在你的外边。
被玻璃阻隔的是
切肤之痛，
阳光，如时间之药
在窗外流动。
屋内，地板上的几何斑块
预示着风的锋刃，在走——

没有多余的生命
可以支取，这就是全部。
仅剩的全部。
你将在病床上冥想，
或者手谈。
但山泉不会朝你涌来，
因为你已年迈，
再不能搬运阳光的齿轮，
又何况运斤成风？

但此生仍有重要时刻：
譬如再看一次清晨的阵雨，

譬如让儿孙进来,
抚摸灰烬里你的光辉。

2022 年 4 月 4 日

我不能向前滚动

甲壳虫，办公室异类，
背负浅灰色负荷。
每个人都经常看我，
但好像又没有人看到我。
当然，没有任何人
真正地认识我。
早晨和下午的手紧握，
宛如熟识的朋友，
但都没有透出入口。
这空间中无缝的裹挟，
不能被破解，
仿佛日子，你无从逸出。
有些仰望沉于宇宙，
而此地，仅剩屋顶的巡礼。
我端坐着，吞咽机器，
这里永没有光，
没有旋转的乌桕树。
我甚至都不能向前滚动，
像一截没有根的茎，
在失望中无望，
在痛苦中，孤寂地生。

2022 年 3 月 22 日

对面的镜像

他是一只候鸟，
此地是前哨，
还有很多的驿站
邀请他去投宿，
包括那些陈旧的栓马柱，
都笔直地支撑，
等他临幸。
现在，他仍是一颗螺钉，
也许会膨胀成部件，
并组构为整体，
但这些，都是后话。
我坐在他的面前，
却拒绝成为他的反面。
他映照着我，
在镜子中挖了很多的坑，
而我不去填满，
也从未尝试过妄动。
我笃定，这是此生
有限的境遇，
因为，不被驯服的刺猬，
只愿自己挖洞。

2022 年 2 月 25 日

周年

再见了你。

时隔半年幽暗，
我们终迎来
信任后，词语的回旋。
你好像更深沉了些，
但是在春天，
每个人都有义务鲜亮。
久违了，你我
重温对话的欢愉。

如此顺利，
今晚并没有下雨。
你深陷于诗中，
演奏那吞噬你的部分；
而我，却无法在
告别时赠予你
一捧火，以及火光中
树影的交汇……

2021 年 4 月 11 日

在雨和雨之间

在雨和雨之间
翻检童年，
相簿被水珠飞速查看，
终于找到你的拓片。

却没有我。
最徒劳的结尾无非是
故事将要燃尽，
而线索白白流淌……

但不必让回忆扰乱
琴弦；因为水草丛中
也很少有报喜鸟。

正如——春风
难觅荷花，雨水中
不一定残存幽径。

2021 年 4 月 10 日

复活

他站在八楼的阳台上。
以前的这里光秃秃
没有任何植物；现在，
他带来了部分过去的绿。
但秋风提早抵达，
它搭乘落叶挥手的频率
占领这里。没有一粒灰尘
能经久停留，就像他，
也不过是南来的一个客子。
楼下新铺的沥青路逐日变旧，
夏天的往事也不再潮湿。
太阳升起，再落下。
当头顶的白云开始向
边缘处撤离，并呈现出
天高地远的取景框，
终于，他感到自己复活了。
那些沉重的忧郁已趋于消失，
心结越来越小。待那些
盆栽落下最后的叶片，
雪地，将蔓延至他的心底。
除却觅食之鸟，枝头上
绽开的白花将会变成他，

变成清扫陈迹后

重建的松塔。

2020 年 9 月 30 日

失衡的水

习惯将夜晚向后推一个小时，
让电话穿过窄门，让母亲
不厌其烦地提醒：秋天将带来
经验主义，天冷了就要加衣。

但旋转的星辰照常升起，
变黑的夜晚再度变白，作为
众多辉光捧出的银钻石：
月亮干净而虚空，读不出惭愧。

谁将故乡的意义不断赋予？
我只是一滴失衡的水。
漂泊的宿命，让肉身渐低；
它在水边，却未制造出奇迹。

2020 年 9 月 23 日

这个秋天

这个秋天，像老人一样迟缓。
或者说，她还未真正到来。
但是我已经等不及，
许多结束，并非以果实告终。

比如互相击溃的交情，
比如得鱼忘筌，却并非所愿。
当我们以新雪作为见证，
落地即化隐喻着一语成谶。

你也知道：有些秘密的走漏
并不是因为风声。而是
信息的转移，比任何人想象得
都要更快，也更致命——

但剥开的痛处让我放弃突围。
当我们防备最亲密的人
胜于我们的敌人，分裂早已开始；
我揭开你的面具如同拉紧死结。

这个秋天，其实还没有到来。
暑热仍在鼓动茎管，但是我们的

毁灭者——太阳——直到冬天
才不会滚烫；而你，正迅速消亡。

2020 年 9 月 21 日

在西区公寓

阳光很好，但风很大。必须
暂时性转移它们，那些
多肉植物跟我一样，也是蛰居的人。
我来自鄂西，它们则更远了——
巴西、墨西哥、中亚、南非，
或是韩国和日本的组培货。
休眠期遇上大风，就像在洞穴中
沉睡的熊，它们暂时不用
这些多余的声响。还没到时候，
北方仍有绵亘的高温天气，
而这，正是一把索命的杀手锏。
恰到好处的时机很重要，
正如解冻最好用冷水，看展时
去谈论米开朗琪罗。但现在
必须进行干预，而干预是为了
保全这些植物本身的进程。
苏醒尚早，这阵大风正鼓奏着
死亡的颤音，毕竟手握镰刀的神
并不在意将要收割的年轮。
与其经历赌徒般的起身，
不如再睡一睡，就像时间总会落下。
就像，我们适时醒来。

2020 年 9 月 2 日

放生

从河里捞起的鱼死了三条。
这周末午后的黑暗，
来自上次出游时的拐弯。
一把筛子、一伸手，
新生的小石斑就自投罗网。
它们随我移动、定居，
在一百多米的高空游弋。
这么高，如此地高，
但它们从未晕眩；圆形的盆
也从未让它们晕眩。
现在是五月，日子还很宽敞，
但它们突然紧闭双唇，
并以翻转的鱼肚白向世界
宣告：死——一个

平躺的绝对之词，正在加重水。
它们平躺的背影，也在加重水。

我没有瞩目到它们的生，
现在，我看到它们停止。
水草惨绿，藤叶间
惊恐的眼神游来游去；

我坐在其他小鱼的幸存中间，
目击楼下，樟树的芽叶
正飞速坠落。那也是
初春新绘的颜色，但是行人
长出另一些染匠之手，
它们被迫坠落，而我房间的
三条小鱼已上升到
天空的极限。当我俯瞰
略显拥挤的水面，却
没有触及一点余晖。

它们的死，没有声响。
很多死，也没有声响。

那些化鹤的朋友，包括
这三条浮在午后的鱼，
都无法再端视落日。
坐在明晃晃黑暗的周末，世界
怀抱灯盏。不过它们的流逝
远到不了出海口，
而生命，仍保全着剧烈。
内部的剧烈。
我用小桶将残存的小鱼舀出，
连同被死神收割的遗憾。
就着骷髅般的暮色，
我避开松林里山风向上的攀援，

因为放生是下降的，
而水的吞没是柔软的。

2020 年 5 月 17 日

新开湖畔（二）

数不清的鳞爪从深夜涌来。
降温了，新开湖的波纹
就要铺成另一种形状；
坚硬之水本无心事，作为
一种物理现象的结冻
却让时间如昨、人生如梦。

上次，当我站在鼓风的路角，
你仍无忧无虑地向我走来。
一切还未发生，新开湖
涤荡的绿是现成的，那窃取自
悬铃木悬空的投影不仅
注视我们，也接听流水的语音。

但现在，冰面已再无回声。
它们反射掉影子，连同累积了
近两年的热量一并反射掉。
像经过涂改的诗作，许多
细节无法辩驳，我们不可能
同时坐拥新生以及原稿。

所有事物的消逝都是统一体，

包括友谊。譬如这冬季
属于地球和太阳共造的磁场，
但我们的溃败在此之前。
这因斥力而生的滑铁卢啊，
多么伟大又无用的命名！

新开湖的表层凝成哑默，
我多少次滑行，只为加速
赶上你或者返回过去。
但冬天剥离了所有的绿，
只保留“物的本义”，
终于，我感到一种质的澄明。

失眠无数次照亮阻塞的暗室，
冷清的后半夜，我独自缝合往事，
但成功止于浮想、限于做梦。
告别吧。我想不到更好的词。
唯一的相赠是破冰后的“春”，
唯一收回的是“一起赶路的人”。

2019 年 12 月 25 日

双榆树的早晨

当我们睁开眼，就唤醒风声。
它们在昨夜乍起，忙于
修剪行道树攀爬的枝蔓，不过
通达已是这城市跨朝越代
累积的性格；整饬的规划如同
井田，俯瞰中见折见方。

但风，比我们更早地清醒。
就像上帝，你意识到他，
他不一定存在；但当你
被黑暗逼近，他的神情必定比
黑暗更深。我们并排躺着，
说起风，它的大小、振幅、速率
以及想象中的破坏力，都不能
令你我起身。室内是周末，
窗外的暴君无法撼动生活中
偏安的一隅。这难得之闲
浮在床上，短暂、亘古且悠长。

无数次，我们谈论诗、谈论
这多元而徒劳的城市。
但是风没有刮走任何一个词，

相反，为我们送来阳光；
它们钻进窗帘的缝隙，那松针
般的思想充盈力量。我们
就这样躺着，轮流交换
各自积储的风。继而，一切的
迅疾与一切的捉摸不定，
都安稳下来，亲密又宁静。
但今天的风和明天的风，
都会沦为陈迹，一种旧相识。

我们当然不会，现在就
老去。当你话音渐低，再小憩，
我也合上眼，与你一同沉下。
而风声，必在某个清醒的边缘
再次降临，恰如我们
第一次唤醒它时略带疲惫。

2019 年 11 月 25 日

楼下的白蜡树

从六楼俯瞰，
那群白蜡树无一幸免。
三年来，
它们每一次新绿
都挣扎着说出春天；
十一月的风
则烹饪出通体的鹅黄。
现在，又到了
铺开秋叶的时刻，
每天增加一点睡眠，
直至明年春天。
它们将一直
站在楼下，
装点隆冬的围栏，
偶有间歇，集体追忆
透不出气、湿热
无风的夏天。
它们甚至在寒冷中怀念
酷暑，跟我们一样，
用那种记忆的热
进行某种补偿。
还有一年多的时间，

我就将搬离这里；
也许没有人来提醒我，
但我知道，它们
一直都在注视我的窗台。
三年来，它们一刻
也没离开；甚至，
在月亮消失的夜晚，
它们还会鼓劲，
并将年轮默默地
增加一环。

2019 年 10 月 31 日

新修小园

最好的花园是一片荒地，
狗和遛狗人的乐园、草枝的乱颤，
偶有寒鸦途经，蛰居般地
圈出自留地。但它们转瞬就
遗弃了眼前的红利，小翅一挥，
为园内的居民留下晚风，
或者，股市的虫洞。
我们用意念栽种它、改造它，
那可塑的、尚未完成的，
给予我们无数种研判的争端。
直至挖掘机的铁臂伸进，
履带的轰隆如炸弹，废墟开始演绎
命运的跃迁，橙黄帽
将工期标识在围栏之外。
那些蓝色铁板内有另一片天，
它们背后的工人，我们很少看见，
午休的片刻也像生活一样狭窄。
当我们踩踏新铺的砖石，并赞美
这造园的手艺，此前的噪音
早已被欢乐盈满，但我
却感到一阵阵无力的虚空。

2019 年 10 月 9 日

夏天原理

夏天绝无仅有。燥热
由内而外，传递无序的反抗；
而摧毁这一路径的，
正来自更大热量的俯视。
但夏天并非冒进者，它的进攻
和防守聚于一体，最后
以胶合的状态联袂呈现，直至
一切反面土崩瓦解。不过
夏天无意退让，它的
绝对意志和太阳一起低悬，
像一个目力惊人的法官，
坐在哪里，哪里就生长出威严。
好在它的清晰为万物所领受，
天的碧透、叶的深绿以及
无数液体的清明，都在我们体内
游荡；所有的灼热
都趋于净化，所有语言
都探入深井，继而暴露出泉。
夏天好动、未有秋的沉稳，
而这豪迈留待我们挥霍；
若能以此度过一生，
我将站起，让肉体永不避退。

2019 年 7 月 21 日

傍晚

最先淡下去的，是影子，
但它不容易被察觉。

在人群中流动的朋党
才是傍晚的主角，他们

催动车轮，矫健地，
挺进夕阳晚餐般的光焰里。

这生命力有如割草机，
一组惊叹号从低空飞起。

如此丰满，夏日的杯盏
作云散；如此虚空，

太阳的遗照！她缓缓
托举起夜色和欢愉，

而我们，都是受惠之人。
脑中忽闪的念头继续

抬升，空气中弥留着

无人汇合的呐喊，但我

紧闭喉音，转而借
尾声的气息跟上前去。

步伐终结旧的语法，
然后被路灯挑明；晚风

归拢了萍聚，世界
止于接近深渊的眼神。

2019 年 5 月 13 日

大海入门

出发前我已明白，我将看到海。
于是飞机的舷窗外接垂线，
海在下边，我们在巨型风筝的舱里。

明净的气流归于无形，
云阻隔不了我，距离不再是阻滞。
在琼州海峡，我看到了蓝墨水。

它们透明地起飞、漂浮，又落下，
并在大地上长成一名画家，
而我多想前去，画那点睛的一笔。

接近轻盈的事物不是没有，
比如俯瞰这深蓝的幻觉；比如此刻，
脚下洋流尚远，构成无的虚空。

但当我落地，我会准时掏出
旋转它的钥匙，然后——为其所获。

2019 年 4 月 25 日

当一切还未陌生

我怀念下雨的夜晚，
雨和夜的叠加构成一种安全。
如果雨慢一点，
夜长一点，
我就能从地图的一端，
旅行到某颗星球的边缘。
“你应该回南方。”
有朋友不断重提此前的建议，
这里确实没有头绪，
也不存在交付雨夜的狼藉；
对我这样的异乡人，
返回好像不是什么新建议。
总有窗玻璃，
带给你们我南归的讯息，
那些诱人的陷阱
一直牵引我，让我回到雨中。
或许我应该尽快重归节奏，
“当一切还未陌生”。

2019 年 4 月 17 日

仰泳

我不会游泳，我幻想过，
我也尝试着学过。
但母亲的警示一直在脑中回响。
每下水一次，
她就拿着棍子追赶我一次。
童年也有后遗症。
我至今仍不敢把头埋在
装满水的盆中。那种其他孩子
早已玩腻的游戏，对我来说
并不是欢愉。
我感觉用鼻子憋住的不是气，
而是生的停止，某种
与死亡并行的肌体恐惧。
那时的勇气和泄气如两块磁铁，
它们同时向低处坠落，
吸引着我下沉。
于是，再清澈的水也能折射黑暗。
我确实有那么一两次，
在无人的房间里吸气、埋头，
听任脸盆的拖拽。
实验再小也有风险，这是
后来习得的经验，

但憋气的试探让我很快明白：
水下的世界美而危险。
所以童年的梦除了飞跃稻田、山地，
还有仰泳。仰泳很安全。
一切平躺的姿势都无须挣扎，
眼睛开满云朵，而呼吸
终于逃脱了拉锯战。
其实，我至今也不会仰泳。
不过很长的时间内，我都在池水
拍打脊背中睡去；也有瞬间
误以为自己是凫水之人。
这么多年，走进泳池的机会不是
没有，但我似乎更愿意
接受温顺的躺下。
母亲的乖孩子可以不会游泳，
但要健康地活着，我可能
终此一生，只能在想象中走近水，
而仰泳则成为我一次
又一次抚慰自身的心计。

2019 年 4 月 14 日

蜂巢糖

从老家带来的蜂巢糖
碎成了渣儿，它们
经过旅途的挤压，变成
一种新鲜的混沌。
那些沁出来的蜂蜜像我，
离开了巢，在城区内游走。
然后找个边缘安顿，
沉下来，就是一场梦。
父亲让我在天暖的时候
将它们加滤一次，
但我并不是特别愿意，
一旦经过那项工序，
蜂巢糖就徒有其名。
我想要的，不过是那种
巢蜜合一的混合状态，
但童年再回不去了。
于是我将这瓶全新的融合
放在书桌上，每看一次，
就在回味中咀嚼一次。

2019年3月3日

身后的词

我像书本一样立着，
在灯光的垂射下保持静默。
不为注视所动，
每一页翻书声都是音乐。
冬日里，洁净的清空挣脱层云，
起风了就戴一顶
蓝色帽子。但白昼
从下午四点就开始结束，
比阅读一首诗还快，
手指稍要抬动，黑暗便落下来。
那背景称得上巨大，它坐落在
我的身后：一张银河之纸。
数不清的眼睛注视着我，
而我，也是星辰一颗。
所有发光体都自成两面，
所有来自它的凝望都让人恐惧，
但我头顶的宇宙必定有
上千个词，它们精确、浩瀚，
等待肉体的燃烧。
于是我起身、扭头，轻易
就收获到那种滚烫。

2018 年 12 月 13 日

在南开大学

松杉路与湖滨道交接，
便是一个环岛。隔岛相望，
白堤路犹如笔直的针，
它从容走线，纵贯无数铆扣。
其实，每个路口都在打结，
那里堆积着行人、车辆，
以及宠物狗。当交通灯变脸，
十字路就开始活络。
白堤路向南，也有所折转，
只不过细微到淹没在空气里，
此地，每一刻都在变动。
白堤路顺延到复康路，
它的命运便告终结，从北到南
更易成东西向的因缘。
不远处，一中心医院活力四射，
与光顾者的面色并不一致，
复康路便因此构成某种安慰。
往东，行至八里台桥，
地表隆起，匝道例行指挥，
立交于繁复中分拣归属：
卫津路 94 号。于是入东门，
进大中路，接下马蹄湖、新开湖，

毛白杨在半空张开眼睛，
间或几株国槐、蜀葵；
校钟居左、老图居右，纪念碑
矗立，标识出历史陈迹。
在南开大学，人被收到盒子中，
外部三面环路，头顶还悬着
北洋学堂的不明虎视。
但是没有一颗跳动的心脏
从这园中逃亡，八里台总有接口
送你出去，或迎你入门。
而我，只想再多动一次笔，
在西区公寓，这支笔
是“真实生活的音乐那一刻”*。

* 出自西默斯·希尼《歌》

2018 年 12 月 3 日

银杏记

谁念西风独自凉，萧萧黄叶闭疏窗

母亲不说话，却发来照片。
家门口的银杏又黄了，
这是在提醒我加衣、早睡，
以及换上厚的棉被。那两棵树
并排立着，已站成她的沉默。
近些年的深秋，它们都会
飞到重庆、湖南、天津
（父亲、姐姐和我的所在地），
但二者从未分离。母亲拍照的时候，
总是将它们一起放进取景框：
那是母亲和妻子的心意。
从老屋传来的话语，只需一张照片，
也便将那心中长卷说尽了。
银杏几乎成为一种确认，
它们近前的老房子，远处正在
凋零的故乡，都在暮色中
翘首以待。置身蔽日的深灰里，
那两株银杏泛着光，携来冥想中
童年的光景。它们也是
母亲的来信，黄叶无声息地

向我们频频招手，它们正
提醒着——亲人归去的

答复。

2018 年 10 月 21 日

北方的晨雾

我极少在北方见到晨雾。
这和之前不一样，
南方的水汽普通得如同
北方席地的风，
丝毫犯不着囤积居奇。

一度以为在北方见不到晨雾。
长久的消失，
让再见也蒙上几分陌生。
靠近后，方知道
彼此是老相识。

北方的晨雾就是这样的
一种咫尺，一种
万变不离其宗的反常。
我出现在它们当中，
但并没有融入；
又是风，从不知名处涌出，
将我频频推拒。

北方的晨雾，如悬浮着的
舳舻相接的天体，

它们和我之间，
相隔无数层冷漠的星系。
到北方后更加畏寒，
此刻更甚，有些距离
你一生也无法改涂。

再见到晨雾就是这样。
我开始思考
习焉不察的事物，
面对它们将要化雪的轻薄，
我并未完成表达。

晨雾不会在意我的想法。
太阳出来的时候，
它们会迅速贴身而去；
而我，就那么站着，
不知道何时才能捕获勇气。

2018 年 9 月 30 日

“谢谢”
——记一次理发事件

我在理发师手里，
像一颗未成熟的青色石榴。
他先是询问，
而后对镜，前后左右地
仔细端详，
稍作几分拿捏，
就把我如孩子般风一样旋转。
我看不见他。

崇山阻隔在我们中间。
他的手飞快演奏，
他的步伐饱满、娴熟，听得见安静。
我和他的相会仅在此刻，
我们甚至没有，
连狭小的交际圈也没有。
在我取下镜片以后，
就只能把思想
嵌套在双手的束缚中；
而他，却是一位
自如的钢琴家。

墙上的镜子看着我们。

身体偶尔叠加，不时地共享
人类共同体；我们的呼吸
无形且巨大，但彼此
从未有过一次真正的对视。
我尽量挺直腰杆，
用身体和他交谈：
再看看吧，这个傍晚的秘密，
也就要接近消失了。

待我付完钱，重新
隐身在暝色中，
那面镜子仍然挂在墙上，
但他也从玻璃中消失了。
我仿佛还能听见自己进店时，
他用极认真的声音说：
“您好，请坐。”
而我迈开脚步后许久，
才表述出，一个来自
舌面前音的回答。

2018年7月8日

抗拒，或一种进阶

整个下午，我都在你们身后。
层叠的身体，和树影，都是绿色，
生命铺满了石方格。
有时候，你们的谈话像一阵风，
吹开我紧闭的窗户。

我真的太久了。

太久没走出单身公寓。
那个洞穴不是卡夫卡式的。我确定。
我仍在琢磨着，爱的深度，
建立关系的深度。踏回空楼梯，
我用窗帘封锁自己——

我真的下降了。

下降得只剩下体重发出声音。
那种下降是感觉得到的，出于激情，
出于兴趣的削减。绿色的句子
已经收割，变成冬雪上
遗落的残骸。你不再需要它们。

我真的认清了。

认清是一种喷雾剂。最初
只需一点儿；时间久了，再多的剂量
也只能让人获得片刻澄清。
无药可医。精神懈怠和欺骗式思考，
将我涂写成“离群索居”。

我真的进化了。

倒不是说站在食物链顶端。
内心有关于挣扎的，新一轮清谈：
在黑房子里辩论，个人主义的、
伦理的、情感的和欲望的潮汐……
进化招致失眠，终于冥想。

我真的顺从了。

最先是大脑，躯体随后。顺从，
让更内隐的东西也越发地
有地遁形。我必须出门，擅长
修改脸型的北方的风也更换不了我。
再买一把插销。看画，听音乐。

2018 年 1 月 29 日

Metaphor

抽屉里爬出一只光
它蹑手蹑脚，想去某个地方
前方站着两座书架
它绕开了。稍偏的位置
是桌子和柜子的 90 度交合处
所以它被折转
开始在竖壁上查探、跃越

像刚出笼的小鸭子
深一脚、浅一脚
有时它会轻轻定住，作片刻微停
它其实也像我
走得越远就变得越暗
最后被拉入无数个更大的光圈

那些引力悬在高处
我一次又一次地尝试摘取
它们是发亮的金色果实
饱满、低垂，重叠地排列
在这些色彩中间
看不清的深渊，在迫近——

那里的标牌写满恐惧
于是：逃逸
但所有反向悬崖的抽离
都是盲的。我和光的命运趋同
新的法则会覆盖我们
何处将坠下绳索？
何时再寻回前进的词？

2018 年 1 月 4 日

等雪

绿柳叶如刀，
却抵不住更大的刀。
朔风自北，
从天而降地劈砍
将青色斩下。
天地间庞大的挤压
突现，然后收拢。
于是抱团儿取暖，
变为一堆堆
散发余温的山塔。
可堪登临否？
少了台阶，
更添虚构之门；
没有内灯，
索性燃些柴火，
默默，等雪。
我微举双手，
握一杯凛冽的空无。
在雪落之前，
旋飞的柳叶击中双眼，
以及冰冷的
少府穴。

2017年12月12日

入夜（二）

入夜，布帘给玻璃窗
加一层衣服。这北方的冬
很冷，也很实诚。
一个半月无雨，已经
将我这个南方人炼成刺槐：
表皮皴裂，多了些斜纹。
我因此变得更冷，
也更实诚。接近而立的年龄，
在身体上苏醒。有欠于
父母，正如我有欠于时间。
有欠于好多个词：
蜻蜓点水、浅尝辄止……
渴望彻夜的雨，将此刻
冲淡；在囚的困境，
何处有我同学？何处有
埋我一世的雪。

2017 年 12 月 10 日

室内诗

电钻，你以为早八点就无人安睡了？

酸从舌苔传出，神经一紧
眼睛就睁开。梦见吃
本身是个好兆头，那里有餐盘
但关不住被震醒的食欲
本要支取色香味空间
却惨失良机。首当其冲的是埋怨
但愤怒哪儿去了？——
窗外，多么适合休憩的能见度
而剧中人的命运，可以想见
置身其间，墙壁与钻头的对话
骇人听闻。我们是整栋大楼的藏品
一切逃逸都不被允许，室内
也有许多抽屉，这手掌之中的云
早就做好了隐蔽：全看不见。
扩音器整天地庆祝，并
将泛白的菜谱打上光，送出去
江山联动街景，迷人。而
我们始终无法轻盈，被归拾
被引领；不远的摩天处

孤悬着耀眼的俯视。再远些，
是被蒙了眼的百家岩……

2017 年 11 月 7 日

在雪中

沥青道边，无数颗
被轮胎带向流水线的石子
在滚动。是雪，让它们
　　　　如此，如此的雀跃。

气温低下来，叶子
变成季节流转的承担者。
于是风一卷，就开始
　　　　　　　降雪——

　　红色的雪，黄色的雪，
间或绿色的雪……
这些长如手指的轮回之躯
　　　　　在　空中鼓奏！

　　不是哀乐，是感觉。
　　打呼哨、旋转的是雪，
　　落地不化的是雪，
　　钻进精神内部的，还是雪。

它们轻盈洁净，在注视中
完成一生。是感觉，

让它们闭眼，以前代人的姿态
降临，再飞升。

秋天并不平静。
我一转身，衣领就被撬开，
不用看，雪又扬了起来，
一群麋鹿越过林间。

在雪中，我被点染成
多色的混杂。隔着慢镜头，
我几乎看到了南方，
以及它，熊熊燃烧的
原野。

2017 年 10 月 24 日

灯下诗

又到了盆栽活动的时刻。
台灯下招摇的叶子
竖起耳朵，它们屏气凝神，
在翻书声中听取
骨笛的枯吻。这种离合运动
与节奏自洽，就像枝头上舞动的
风筝，一挥手就是音乐。
我弹起它们掌中的细碎微尘，
那些日历之力离群飞起，
宛如一场雪暴，轻易就征服了
远东。它们迎着光芒飞升，
又降落，整个过程不为
外人所通感，却近距离加速了
我的肉身。

2017年10月16日

刮土豆

刮土豆的时候
我总能想到满清十大酷刑
竹器里被凌迟的块茎
沉默地紧挨着
共同抗拒削皮器上凝聚的敌意
有些狡黠的个体腰身一转
就滚到队列的底端
也有身先士卒慷慨赴死的
雄赳赳、气昂昂
生命的终结对它们而言
无异于接受命运
呻吟只出现在锋刃上
余下的痛苦都落到地面
变成新鲜的城池

有时我望着刮好的土豆
那些水中浸润的星辰
出于悲伤，边缘总有缺憾
每一颗小脑袋都在历劫
它们像我，也像整个人类

2017 年 8 月 20 日

空白感

有时，我起床晚了
雨可能两小时前就开始下
有时，我抵达某个临时地点
音乐大约放了一多半
好多场艺术展都被我掐头去尾
好多声叮嘱我只听见回音
当我意识到空白和消失的鼓点
坚果的核儿就紧闭起来
变成入云的墙
我能抓取的，已被我握在手上
但那些遗落的间隙
都被包裹起来
我变着法子截取、抽离
然后填空、再获得
但完整性仍是完美主义的敌人
我依旧在意诸多的本来面目
在意水汽的凝聚、音乐的起承转合
而所有遗憾都一如既往
稳定且多变
再往前，我又遭遇到半场雨
遭遇不同昨日的天色

2017 年 7 月 9 日

陋室观察

松林摆成阵，地面
漏光，点点如萤。
抬首处，坚果迎风送客。
左一缕烦恼丝，
右接无公害鸟粪。
不知谁家小儿，无赖
胜二哈，斑点里
打滚，小眼扫视大眼。
多肉迎来徒长期，
熊爪褪色，小米星
开叉、左邻右里。
自拍萌新扮达人，哼哈
二将齐剃须，锋疾疾。
桌上一本《尝试集》，
脚下无木屐，昨夜
偷梦芒鞋，缰连
果下马——斯是陋室，
睹一个无尘日，顾盼间
偷闲，得惬意二三分，
挥霍脑细胞一群。

2017 年 6 月 6 日

午后

午后，梦遗失荆州
几丛榴火从浮想中合拢，落地
思维还没来得及拉直
待坐起，窗外升起成群的鸽子
在空中游戏：“看他们三三两两，
回环来往，夷犹如意——”*
转眼，凉席从身下沁出水滴
那一颗颗小蚂蚁，朝半小时前爬去
她在湖边起身，裙摆的褶皱
摇荡纷飞，就像那湾水面
刚刚款待过林间的风
你没法一抖手，就将其抹平
这个午后并未携来急雨，一切
都那么完美、丰盈……
此刻，中心的热烈正在向边缘消退
波纹全都漫过去了
沿途撒下两把不平整的心情。
这个夏天，每梦一场就
小病一场。尽管事后瘫软、乏力
我仍愿，这缘分如鸽群

“翻身映日，白羽衬青天！”*

*均出自胡适《鸽子》

2017年6月3日

母亲

在清晨的国权路，
沥青道将层云的影子沙沙拓下，
一辆出租车突然在我身旁停住，制造出风。

车门开了三次，又闭合。
那个三十来岁的女人一手怀抱孩子，
打算用另一只手再次尝试。
眼前之物笨重，常年使用的铰链过于光滑，
她没法将车门推至顶端，并定住。
人行道两边站满学生，她几乎有点儿窘迫。
隔着车窗，她左臂的婴儿仍在熟睡，
母亲的臂膀，不知为他阻隔了多少的千山万水。
孩子睫毛很长，脸蛋圆润，
看上去健康、安稳，如镜中的瓷器。
那个女人，一定把时间的余裕尽数铺开，
然后紧贴到宝贝的每一处身体。
她的家里，也许还有另一个孩子，
在眺望——

那份焦急闪现到我。
十多年前，母亲把我单独留下，出门赶集，
我知道，她回转的速度比平时快一倍。

今天，在这座陌生的城市里，
我开始复习年轻时的母亲……
如今，已经五十六岁的老母亲，
她的眼神我无法追寻，也已无迹可寻。
多少年了，我习惯背着包、一扭头，
就消失在门前的大树后。多少年了，
我没有再等过母亲，也没再留意过她的眼神。
但她从未觉得时间付诸东流，
她总是说，她是天底下最幸运的母亲。
她不在乎我的功名，或者说，
她能在乎的，仅仅是我睡熟后的安稳。

我伸出手，帮眼前的女人拉开车门，
她连续说了三声“感谢”，然后下车；
她的眼睛从未离开孩子。今天是
母亲节，远隔万里的，我的老母亲，
是否正等着长途电话？或者，
一个健康且安稳的回望。

2017 年 5 月 14 日

某夜和上河、姜巫在东湖绿道散步

远水一波波铺来，天际的云
拒绝平庸的引力。
我们也想飞升：“囚室”作为一个名词
足以令不合时宜的思考
沉默。

这里的暮色也曾照耀先辈，
现在，它浸染我们。
东湖沉下来，
为我们递上诗艺的刻刀：
那柄通透的白月亮，
在闪光。

端坐湖的一侧，
隔岸观火，那边的建筑
懦弱又挺直（它们
不是我们的客观对应物）。
这怀抱晚风的此刻，
多一个词就多一份欣喜。

很多诗都需要缝合，
某些线头连结的远古战鼓，

轻易就催出了
杀戮之心。

就是那些针眼,
虽然危险，却敞亮,
留下了弥足珍贵的几个
洞穴。

我们在深夜撤回,
地面复制出参差的影子,
它们不断冒犯
陈年老树，但没有人
为风声做任何停顿。

湖边的单行道不如
水面宽阔，今夜的群光,
分泌出鳞爪。我们
各自攥紧体内的野兽,
总有一天，它们
会被沸腾着，放出去。

2017 年 4 月 18 日

客人

我打开门，你用普通话标准音
向我问好。换作四年前，
你绝不会这样，我可以肯定。
现在，你的脸比以前更红润了，
但你却变成了我的客人。

我请你进来。你将雨具放在
入户花园的墙根。我用
最平常的待客方式招呼你。
不外乎泡茶，拿小松饼，
削一点苹果。对于这些细节，
你都颔首微笑。以前的话，
你绝不会坐在那里。我烧水，
你就取茶叶；我拿点心，
你就跟着我，并在我打开包装时
偷吃一点儿。现在不会了，
我们都已跨越少年时代，
你拥有了孩子、家庭，以及
卧榻之侧的鼾声。时针规律地
走着，窗外边的雨
下一阵歇一阵，我们的谈话
也时不时退潮。这绝对是

我一生中的艰难时刻,
就像高架桥下面的巨型公交
做着沉闷的令人着急的转体动作。
我们都在回避相熟的
语境,而杂志、衣角都沦为
蹩脚的填充物。后来,我
终于还是摁开了电视……

五点钟,你起身准备离开。
你对我说谢谢,说有时间再见,
说让我也抽空去你家坐坐。
我说好,然后生硬地开门送客,
我看着你不紧不慢地消失,
内心便升起一个词:“爱情”。

不过“爱情”并不会阻拦我们
英勇地活下去——

2017 年 2 月 10 日

在汉口火车站

在汉口火车站，有个小男孩儿拿着
武器，不停地刺杀旁边的条纹编织袋。
他的妈妈（三十多岁的年纪）
习惯性拉着他挨紧自己。不一会儿
他又再度挣脱那只通红的手（那也是
抱着他哺乳的手，替他擦屁股的手，
给他洗头洗脸洗澡的手……）

他们在等待一串数字的到来，
汉口火车站也是。不难发现，女人
从未放松警惕——男孩的每个
武器着力点，都被她逐一抹平。
我猜测，编织袋拉链下边缝合的，
就是生活；或许还有抵押出去的激情，
一碗小米，甚至揉搓得褶皱不堪的
房租催缴单……终于，他们一直
等待的数字出现。四只脚一左一右地
踩在普度众生的通道上，命运
啪啪作响，女人攥紧了儿子的手。

我想起多年前，妈妈第一次带我去赶集，
她和这个女人如出一辙地，攥紧我的手。

但我总会趁机溜走。聪明的她
将口袋塞满糖，并嘱咐我一直用手
握紧它们——天哪，那简直就是一片海：
辽阔、湛蓝，富含波纹的形状。由于
我过分专注那会带来幸福的甜，所以当
爸爸问我在集市上有何发现的时候，
我眼里只剩下玻璃糖纸的七种颜色。
(那些再也买不到的水果糖，那些被姐姐
扎成蝴蝶挂在蚊帐上的梦幻糖衣啊……)

是的，在这人满为患的候车广场，
我还有时间捕捉童年，我是真的没法
逃逸那些令人浮想的诗篇。目送那对母子
进站后，我拨通火车上双亲的电话：
“一路小心，到家了告诉我。”母亲抢先
回答：“好，别担心，你赶紧回去。
我跟你爸都是大人。你快走，外边冷。”
置身风中，我突然很怀念她牵我的手——

2016年11月30日—2017年11月22日

臆想者症候群

雾水在前方放置一面镜子，略暗
它模糊远山，也顺带模糊工地的直角
这些现代主义的钢铁和混凝土
在晚秋吹响鸽哨：那引领时代的口号
叩响溪流深处的果核。

母亲也在叩响果核，她精于
核桃和板栗的打开方式，一双儿女
比她还要熟稔使用工具的角度和力道
再也没有什么比这更欣慰了
授之以渔是她永恒的真理

尾随童年的记忆，姐姐和我跃入星辰
房子、竹园，还有黑湾，一同变为倒影
对面传来笑声，悦耳如回音
每次梦醒，姐姐的掌心都印满我的指纹
——它们是血缘的脐带

眼前的含混区域，终将
沦为废墟。总有人听着哨声赶来
我不知搬运的队伍中是不是也有个老父亲
他不断往返于废墟和废墟的流放地

并以黄色安全帽抵抗命运

当臆想在阴雨的山丘蕴蓄成形
当故地沦为背景，融于笔纸交接处的
是母亲的针线，和父亲的斧痕
下一次长久凝视，就是生与死的告别
姐姐将和我牵手：一切都会完成

2016年10月28日

抒情诗

你的目光，像那些被窗户阻挡的风
刚涉足我的小院又移向别处
我吃不透那些躲闪的碧绿和金黄
这些情绪如同刚刚出蕾的蔷薇
新鲜、多刺，貌似你本身

我和我的孤棹之舟陷于暗处
当第一道光越过子午线
我便以闪电的速度收集每一缕晨安
并用它将你的夜梦缓缓打开
该醒了，新鲜又多刺的小玫瑰

我的窗台坐落于你的对面
下次，请千万用目光将透明玻璃叩响
只需一声，只要手臂微微抬起
我就会以箭步冲下楼去——

2016 年 9 月 20 日

出图书馆遇雨

出图书馆遇雨，重阳木将伞盖伸向我
暂时性的，我们组合成一种关系
瞬间想到母亲。有多少年没有再和母亲
同撑一把伞？姐姐和她很亲近
而我总以某种尺度限定自己
岩浆在心底沸腾了一万年，火山口依旧
死寂成片。不过，下一次喷薄
必定尤为可观，我不敢设想其爆发的诱因
或许是母亲老到必须有人为其打伞
又或是我不争气地患上大病
这都不是美好蓝图。所幸雨停了
很快，我将再次踏上前往目的地的路途
很快，这里就只剩下一棵树
地面残留的渍水，仍在复写我的身影
而那些特征悉数指向母亲
若要有责难，我将缄口不辩

2016 年 9 月 4 日

黄浦江

我们在烈日下出行
夏天尚远。河对岸的钟声
十五分钟就响一次
从滨江路到外滩
我们错过了其中的一回
黄浦江的浅滩是一块新租界
寄居蟹和淡水蟹在这里
博弈而居。生物借此重述
十里洋场，所有提醒
都源自某种声音
下沉的历史在白渡桥上
其次在苏州河里

太阳入海的时候
黄浦江像极了旧物

2016 年 5 月 16 日

住院的急板
——记左眼视网膜静脉周围炎第三次复发

不宁之必要
懊悔之必要
一场暴雨和愁肠百结之必要
坐立不安听主治医师叫号之必要
看点滴频率臆测药物循环之必要
病房、消毒液、白色床单和血常规之必要
眼压之必要
扩瞳之必要
裂隙灯之必要
每早八点钟医护人员查房
牛皮糖般问询之必要。预订午餐
之必要。地塞米松之必要。电视之必要。眼药水之必要。
佩戴住院号之必要。静卧之必要
临床夫妇拌嘴之必要
三环、广埠屯、复兴路之必要
挣扎之必要

而疾病的生长消息总会持续下去
世界一直这样：
生病的惯常生病

死亡的统治死亡

(仿痖弦《如歌的行板》)

2015 年 7 月 26 日

午睡

午睡的浅滩被叫苦的鸟侵占
我牵着小时候的自己
从玉米堆或者草垛里走出来
窗外的风很高
新竹脱去入春后的衣服
道路与上午并无二致
我挨着迷迷糊糊的窗向后退去
并看到了你

噢 妈妈 你可知道
浅滩上的鸟声十九年从未离去

2015 年 6 月 3 日

旅行结束

旅行结束，再次回归城市的版图。
总有风修剪人和物的条码，
波德莱尔斜立凉台，下水道开出绿色的花。
清晨六点的至暗即将迎来消逝，
浅睡在眼窝、颅骨和 S 形脑电波内
窃听真实。

一个急刹车猛然撞醒城市的前额，
早餐店轮流上岗，
市井之声将彻夜的鸟叫声逼退。
枝杈和残渣横七竖八，
它们化身民众向清道夫致敬的参照，
但死于这场意外的蜗牛，沉默。

肆虐于城市的风，自然又宿命般地
打磨昨晚雕刻的棱角；
一座城市和它的风，谈判关系：
一座城市的语言，就是风的语言。
注视头顶逐渐变亮的天空，
那片镜子就开始旋动，并以眼睛搜寻。

在城市的版图内咀嚼风，

它是一种切肤的力，但在尚未入境之前，
我所听到的，是如大海般涌动。
想必那悬空的俯瞰，也应作如是观。
就像进入某种事物内部，我们不一定能
拥有它；撤退，也不仅仅是远离。

风在的时候，你可以想象一把伞。
飞速旋转看不到边缘的伞。
它飞走，残留的轨迹仍在舞蹈。
并非摸到的就绝对精准，而所见的
也不是全局。因此我回来，
的确目睹到樟树林无序地闪耀。

2015 年 5 月 12 日

杀死欲望

夜的神秘不在其黑暗
而在暗处的涌动和待发的虎
我在摸索中捡起一把矛
却不知将它投向何处
我尝试放下把柄
任由内心喷涨的激流

但总有些难以启齿的暗语
比如清晨的血管
比如已成常态的膨胀
再比如这无始无终浮动的梦
而我完全可以成为一把
杀死欲望的匕首

但欲望是好事
它能点醒你：
沉睡并不会让囚禁你的部分
无故地消失——

2014 年 11 月 17 日

4.

非常现实

新校区扩建

本就是新的，现在
所看到的，是更新的
钢混结构的追加。
建筑工人发出土黄色轰鸣，
挖掘机加速调整身姿，
地势，让自己被动跌落，
又在被动中纷纷抬起。
森林的迷宫在消逝，
新灯光剧场取代成型，
那一根根塔吊抓握楼宇，
它们那么紧、那么的笔挺，
可以预先缝碎阳光，
也曾见过底层汗水集会，
乃至一些死、伤，
都在自己身下上演着迅疾。
尚未呈现新建设神迹，
季候便携来春雨，周围
再没有其他的同类，
但必定存在某个地方，
某些被催促的拔地而起。
胚芽在地底蹬腿，
这里的建筑也在蹬腿，

暂时还看不见落成的样子，
但铲车摇摆着机械手臂，
像极了有个工人，
站在泥地里挥动着旗。

2023 年 4 月 24 日

时感

窗外的山，
色彩一茬接着一茬。
前段时间是阔叶林的积翠，
现在是决明的黄，
后边还有排着队的红、褐，以及
暗处滋蔓的黑。
但现实比山色更急遽，
我在它对面，
看着未完成之物萌蘖、消隐，
在生的徒劳中有无。
它们无规律地参与明灭，
但赶不上这世界
冲动，在磨损中赤裸；
而我们被销声。
本该遍插茱萸的时刻，
却只能静坐在室内，
并执行——那被应许的
每一次换气。

2022 年 10 月 9 日

沙尘学

“如暴君驾临。”
南侵的将军向我们展示，
北方腹地王座下，
乌黑色铁骑和粗犷雕羽。
若你稍事留意，
沙尘的奔袭必是迅疾：
兵贵神速，历史
从不提供缓慢的战利品。
自外蒙古到京津冀，
内陆风从马背吹至渤海湾，
地形有如神助，
而气流蒸腾，
仅带来瓶装的雨水。
这春日湮没于
昏黄不绝的重度漂移。
没有一个好消息，
就如野火卷席，
燃烧的南开区正在
经历线形沙尘雨。
应该预料到一些抱怨，
但夜终会将其摊平。
这多像人世间的苦难，

伤痕帧帧可数，而搏斗
却消亡于时间之中。

2021 年 4 月 17 日

寒潮过境，或 2020 的最后之诗

并不是岁末，将我从被窝的统治中搭救，
我仍在享用床单里温热的丰饶。
作为寒冷的制造者，西伯利亚的风
好几天前就派出前哨，它们
让天空清朗，并令蜂巢成为可见之物。
脱光叶片的国槐和榆树，在阳光下也能分辨，
即使落叶增加了二者的区分难度；
就像我们在龟缩中换上冬装，
斯人从身旁经过，却没能及时留步。
但现在，北风开始在窗外肃杀，
世界变成星空般辽阔的战场。
先头部队的冲锋我已在睡梦中错过，
醒来的时候，嘴边还残留着鲜血的悲怆。
北方的寒冷擅于捏塑寂静，不过此刻的擂鼓声
慷慨、激昂，摧毁体内的阔叶林。
坏天气让鸦雀无声，退缩的除了防线，
还有内宇宙凝冻的灰心。
躺在床上坐吃山空，消耗暂借的安全感，
几年前的江南不会逆势洄游，
我的肺部几乎填满室内真实的暖气。
但可怕的不是走出去，
而是“没起身就已被恐惧击溃”。

2020 年 12 月 31 日

被集体投放在西区公寓的废旧自行车

像一群等待清点的老兵。
它们再一次被如此盛大地集结，在临行前待命。
此前或许也有过照面，但未留下太多印象；
现在它们肩并着肩，在鹅黄的夜灯下昂起头，
等候检阅。然后是搬运、装车，去往下一个应许之地。
显然，它们当中不乏年老体衰的个体，
有的甚至还抱残守缺，样式和零件都来自上个世纪。
须知园中的新面孔，已逐年更换成千禧一代。
这些废旧自行车并没有裹挟多少眷恋，
但它们都是经验。第一辆飞鸽牌简易、轻便，
上一代主人为它更换过三次轮胎，上过十多次润滑油，
毕业时他将车锁卸走，希望爱车还能为人所用。
第二辆小轮车，有着无法对接的品牌，
它的故事来自深圳的一家小作坊自营工厂，
不过，在被运到天津港之前，
它的出厂标注地就被迫停产、歇业，然后倒闭。
第六排选出一辆 Wolf 的白蓝色山地，
它还很年轻，正值当打之年……
在威士忌般微醺的夜色下，许多车辙
都渐次浮显出来，包括不久前后轮扬起的尘土，
以及随主人不断变换的低空长啸。
但再没有多余的可能留下了，它们是被抛弃的工具。

这众多的经验堆积在一起并短暂为邻，
而后，便都将消失于旧物处理的轰鸣之音。
但那不应该是它们留下的终了之声！多希望不是。
校园以栅栏将之串联，并借此证明：
过去绝不是乌有，哪怕就要碎成火葬场的粉末，
哪怕还未在春天目睹群树的浅绿色烟云。
只要我们还站在一起，生命途经过的意义
就不会变淡，更不会轻易就将命运
协定为——“无人认领”。

2020 年 11 月 6 日

凌晨三点

醒来，带着酒后头痛。
平躺于床帘切分的空间当中，
我听见另一侧，室友
规律起伏的呼吸声，在讲述：
幸福的事并不是有人跟你同醒，
而是隐身在黑暗里，侧听
车流退居于百米之外。
世界如针尖般静默，我想起
晚回时身边的一位朋友。
他和我相似，中途易辙
做起诗歌研究，但他爱那个女孩
胜于自己脆弱的膝盖。
几个月前，他的半月板
开始不间断使坏，他很快丧失
运动的乐趣，转而被赋予
一瘸一拐的新式身形。
比这些更悲伤的，是他还很年轻，
年轻得让你不相信有磨损。
听说几年前的一次摔倒
可能是诱因，那次事故的剑锋
随他北上直至渤海之滨。
我宽慰他：这疼痛，也许是

所有疼痛中相对特殊的一条支流，
就像我所患过的视网膜静脉炎，
又好比某些微笑着的冷颤。
但我们总能将之克服。
相较于强力援助，话语的虚弱
足以令发音器官的努力不堪一提，
正如此刻咽喉干裂、嗓子
冒出星火，几小时前它们工作
产生的振动早已被抛却风中。
但我除了送去一些词语，
以及共情的面孔，再无他可言。
其实，这些他也知道。
一切旁观者的伸手都是虚妄，
至于我的开解，甚至都不曾改变
他与病情间 1N* 的引力。

* N，即牛顿（Newton），简称牛，是一种衡量力的大小的国际单位，以科学家牛顿（Isaac Newton，1643—1727）的名字而命名。

2020 年 10 月 18 日

她在爬树

她是个苦命人。
她的一生都像在爬树，
只是那些枝杈，
断了又断。
一次是携幼女离婚，
一次是失去胞弟，
还有一段难得幸福的关系，
却因男人的病，
让她再一次孤零零。
好多年了，
她一直很依赖去痛片，
甚至把药当饭吃。
没有人知道，如果哪一天
这些药累积到足够重，
会不会再断枝杈，
又或是，一整棵树
都被药片毒死。
她已管不了那许多了，
也再没有更可怕的事了，
索性在这人生遗迹中
哀悼、或者哂笑。
还有好多的枝杈在等，

她势要继续向上爬，
下树也很少平顺，
尤其对她，
可能粉身搭配碎骨，
就像秋雨降落，
摘取死亡的荻花。

2020 年 10 月 10 日

最称职的骑手

脑袋如一颗混沌的气球，
摇摇晃晃地，湖水就涨起来，
由内而外，依次漫过基底核、脑室和皮质。
倦意不断探头并开始游泳。
以数字催眠是不需要的，那些羊
已被他整整放牧了一个上午。
让眼皮垂下，世界清脆地合上瓶盖。
湖岸线不再增长，光亮消失，
故乡的云月结满清凉，
又在恍惚中递上几丛榴火。
分不清顺流而下的帆，
是否载着些逆流而上的人；
也看不见顺时针膨胀的暖意，
能否抵御沿轴线撤回时
必然遭逢的霜寒。
都是潜意识疑虑，每一次惊醒
都意味着无条件清除。
当他成功接单、打开地图，飞速且熟稔地
戴上安全帽，不用说，他仍是
整条大街上最称职的骑手。

2020 年 6 月 7 日

早春的背后

早春弹奏着一切蓓蕾。
檫木的黄、山樱的粉，以及
阿拉伯婆婆纳的蓝，都不再戴面具。
一只黑色地蛛从我面前驶过，
前方是箩筐树的紫、芍药的白，以及
杜鹃满目的红。
如何呼唤一个名字，在春天？
每种植物的内部都在鼓胀，
而万物有其律令，我只能
拥抱它们，并赞美它们
竭尽全力的万有。
金钱蒲在株心伸出雀舌，小叶青冈
卸下陈年的落果，石韦保持
紧促，红枫摇曳、温柔地
举起一双双蟹脚。
轮回让这些情境再生，一如
春天让轮回再生；当我
抚摸那棵被冰灾重塑身形的云杉，
却没有注意到：它正在
断点的茬口长成一棵
真正的树——

2020 年 3 月 15 日

春潮

许久未见，这样的春潮。
它的静止是温柔的笼罩，将一束光
稳稳地固定在山凹处，不前进
也不后退，上升和下跌是薛定谔式的。
这混沌的叠加状态，造就我
许久未见的，故乡的春潮。父亲
擦拭他的匠器，那些多年前
淬火完毕的工具如同橡子，而父亲
需要一粒一粒地数，直到它们
重新焕发旧物的光泽。装在箱中的春潮
被逐次打开，并于此时此地交汇。
彻底回归的思绪，卸任之梯
在山的匣子和父亲的木匣子之间
升起；世事难测，生锈的铁
终于打开心事，连同群山的心事。
年轮让父亲从外出务工的行列中宣告
撤退，他的墨线仍旧乌黑，
但发际的后移已是板上钉钉的事，
那几乎构成一种真理。时间
甚至策反头发的颜色，但这又有何
失败可言？归来就意味着一切。
从来没有停止过，就像他遮着帽檐出门，

然后顶雪回家；而现在，父亲
终于和春潮一起锁死，这个被我们
勒令退休的男人，再也没有回望
老屋的机会。这辈子，他注定没有希望
成为奥德赛或者 Ulysses；他不好战
也不善战。英雄总与争端丛生，而他
平碌的一生只为自己做注解，但
那是我听到的、最斗榫合缝的声音。
这也符合他木匠的身份，因为他从未策划
英雄的归乡。在父亲眼里：
春潮随树枝摇荡，一切便恰到好处。
现在，他终于能够真切地念叨：
“清明断雪，谷雨断霜。”然后就
蹲坐在门口大石头上，看春水渐长，
并等待母亲发出吃饭的号令。

2020 年 2 月 21 日

冻雨过后

你用手指去，几年前的空地上，
年轻的樱桃树已遭致腰斩。
不久前，雨水如重负，
在低温的河床越积越多，直至这
满山林木终于屈从气候的反常。
现在，横七竖八的哀鸿
让山的身形更瘦了。

无数枝杈开裂，以断臂的姿态
陈述一段失败的逃亡。
群树被砍头、被削顶、被戕害成
缺胳膊少腿的武将；这惨状
你还未曾见过，但这是
你嫁给父亲的第四十个年头。
天要灭山，它们毫无办法。

要么死，要么部分脱离母体；
那些新鲜的伤疤无处诉说，
只能让白花花的豁口张得更大些。
我像儿时一样巡山，雪中尚能
辨认的不在少数，这是杨树和桦树，
那是枞树、杉树还有栗子树。

你说它们都还没有真正地长大。

和许多人一样，它们正值青春却
惨遭冻雨。其实，我也遭遇过
一些未能相告的冻雨，母亲。
但我猜想它们在放弃之前，也曾
声嘶力竭地呐喊，伙同最后的绝望。
母亲，你失去了它们，但你
还拥有我：一个冻雨过后的儿子。

我的话让你平静下来。母亲，
你已经爬不动那蜿蜒陡峭的峰岭，
但我去过，你去过的诸多地方。
我的起点在这里，我也会
再回到你和父亲的终点。
而此刻我正值你的身后，并为你
指引，一段又一段的下坡路。

2020年1月22日

消失的岛屿

凌晨两点，夜已深到树叶寂静，
蝉噪隐于黑色的真空。

突然，一声死亡的颤音拉下闸，
灯光飞速变暗，然后陨灭；

但他曾多么用力地去爱，
只是有些声音永远无法碰壁，

也因此失去了回声。他多么渴望
回声，那是救命的声音。

但夜过于漫长，他始终穿不透
云层阻击的围困；今夜再次逢雨，

于是他希望那个人听见：消失，
是自己难操胜券的最后筹算。

2019 年 7 月 19 日

黑色蜘蛛

挖掘并非他的本分，他是
这城市的原住民。新变故让他
操持铁锹，但一声声
翻土的试炼还不能造出钢，
造出花坛里整饬的形状。
他吞咽尘土，然后无条件地
喷射出火以及飞唾。
但夏天的嶙峋输给了夏天本身，
眼前的他瘦削、心跳如鼓，
口袋中不知情的缘由
让他在几分钟前放声大哭。
有些秘密惭愧、带血，无须澄清，
甚至只能听任噬心的缠斗。
他像一只黑色蜘蛛，不停挥动
战斗中的手；现在的他
害怕一切风暴，以及转折。

2019 年 7 月 2 日

午后难题

“太阳像一个巨大的傻 X
啄食着我的后背”，男生在隔壁
一边播放雨点般轻快的曲子
一边拉上遮光帘。远处的大中路
绿荫正散发性爱后的清凉
但这些老博士，正受制于头顶的光圈
他们赤条条地活着，用皮肤包裹
羞愧、自惭的身体。公寓形如一座
地下城，不缺水、不断电
而黑暗滋长成一种鬼魅般游离的存在
那些焦虑、贫穷，以及机械式谈论
从未离散；他们几乎研究一切
却时常放任自己的消失
借助一些茶叶、酒精和咖啡因，他们
治疗着缄口的沉默；他灭掉烟
只身走上阳台，这样的共生性午后
就像正在雕琢的艺术，它
令人出神，又磨得无比生疼

2019 年 6 月 2 日

持割草机的人

来了，清晨的爆破声
从割草机拉弦的那一刻起
就再也没停过；刀盘
出击，带来高速运行的斩首。
这情境自有造就它的人：
一个五十岁左右的中年男子，
两鬓爬满风霜，黝黑的手
随机器无规律起伏。
是地面的不平整让割草机无法
奏出音乐，这世界也是如此：
地表的差异致使公平躺在法律里，
它爱而无助地注视众人；
这个持割草机的男子也一样，
他被无数大词照临，
却不为所知。当傍晚的草坪
呈现出修葺完整的身形，
他就像一条涸鱼得以下水，
随后留下一阵烟圈镀金的波浪：
刀尖后晨昏相接的日常。
而我作为幸免于难的一棵草，
或将看到圆月，以及夜风
抚慰生灵的和缓力量。

2019 年 5 月 29 日

女清洁工

刚开始，她总戴着一顶红色布帽
嘴巴和鼻子都被口罩遮住
整体着装也是标准、统一的物业装扮
这毫无新意的穿搭
让她成为楼道中最特殊的那一个
她自然知道。每一次
低头走过，手中的巨大垃圾袋都盛载不了
她的沉默以及任人臆想的卑微
刚开始，她不怎么熟悉清理的程序
有些活儿做得不是很好
抱怨和投诉像天花板沉重地压下来
甚至有人当面指出诸种问题
她的头更低了。某段时间
清洁工不再是她，更换成一个大络腮胡
新来的接替者兢兢业业、不着一字
某天突然有人问起之前的清洁工
那个男人用一口蹩脚的普通话回答：
“她是我的女人，身体不好”
“最近是我替她干，她需要休息”
再后来，女清洁工回来了
她的身体也许好转，帽子和口罩的脱离
让她看起来更轻松，也更迅捷

络腮胡偶尔会过来帮忙
他们在走廊并排拖地时很少说话
这场景像极了乡下
那些夫妇安静下地、各执一锄
在不断后退中挖掘出笔直的田垄
现在，这姿势客居城市
但坚硬的地板无法留下任何足迹
慢慢地，女清洁工开始抬头
少有人再对她指手画脚
有一天在楼下看见一个小女孩
初中生左右的年纪；再后来，我从六楼
看见三个人点儿并排消失在暮色里
那一次，他们的肩是那么的正
腰，是那么的直——

2019 年 5 月 28 日

查无此人

你躺在床上，
音乐声从南边传来。
你还无法听见浪，
所有白螺壳的音孔
都塞满了沙。

暴力再次颠覆
歌手的名字，
曲库查无此人。
但你几乎听过
他的所有作品，
那些行将被遮蔽的
彷徨和呐喊，
存在又紧临消失。

某种集体无意识
正在操控人，
虽然他歌唱的艺术
算得上潦草；
但这并不是原罪。
他们害怕的
是向心力（一种

可能性的集合）
而他的音乐易燃，
属于完美的
引线。其实他普通
如路人，不过是
用歌词一遍遍盘问：
这个世界会好吗？

如今没有伪饰的
面孔不多了，他是
真实的其中一个。
所以你无法入睡，
屡经听取的
他的歌声不绝，
但这并不是哭诉。
粗暴向来无须理由，
行动就是权力，
而他，正沉默着
代表醒着的阶级。

从其他艺术中
也能搜索到证词，
但通告无动于衷，
公章加盖就要执行。
的确有传言宣称
惩戒，但巨浪

用一次次席卷冲击
虚弱的指控。

现在，你依旧
安静地躺在床上。
没有人知道，
你正在独自缅怀
一道无罪的光。

2019 年 4 月 15 日

雨水

雨水并不落下，
它们从树干旁长出来，
在迎风坡张扬起
晶透的面庞。
那些枝头高悬的冰挂
像孩子一样具有可塑性，
风向和气温就是
化妆师，
孩子们一张手，
魔棒就越过零摄氏度的城池。
在早春节气，
雨水以雾凇的形态降临。
从雪树银花到
春树暮云，雨水
用一个线头反向打结，
并保留住寒冷。
但不久后，山林
就会再次响起音乐，
那将是孩子们落地的
噼里啪啦……

2019 年 2 月 15 日

松鸦

远离人居，你梳理冠羽；
头顶上的舞蹈
像钥匙，转瞬就打开
艺术的命门。
啼叫淹没于千山，
唯有森林能收放你的身形，
水无法概括你，
包括你偏至的飞影。
在神农架，你是不解的谜。
灭虫、播种，存储
香味怪异的草药；将巢穴
定居在大叶乔木的杈口，
并从那里推演出许多
捕食的路。它也是一个地址，
月亮时常在晴朗的夜间
撒下回信，于是
你头戴着银色纶巾，旁边
沉睡的，是你的家人。
稍远处工业的光辉中，有城市
在频频转动，但它们
全都落脚到数字地图，
而你一无所知。

你是一只被看见了的松鸦，
世界因为你而变小了。

2018 年 12 月 19 日

十一月雾霾速写

如此年轻，它们还是新客人。
在我尚未出生的世纪，
它们不常是造访者。
但是现在——太阳变成了灰盘，
每隔几天就进行一轮审判。
白昼持续蒙尘，
步入通道的旅客需要擦拭
姓名，而夜晚，
却成为最清洁的时段。
一旦睡去，我们所遭受的不公正
就会被历史逐一删改。
而疾病和大数据，
又必会沦为经年后的故纸堆。
谁都知道——证言，
许多时候就来自摊开
旧物的褶皱……

2018 年 11 月 15 日

木匠

锯子，推拉出木质的气味，
他走在碎屑当中，
那些动作的堆积随着墨线消失
而诞生。时间成为可见的。
有时他也向天空挥拳，
冷不丁就把一大摞建材悉数撂下。
就像卸下重担，
他特别中意散落一地的脆音，
但回声是迟早的事：
比如，裁弯取直、打磨胚子。
还没完，草图尚在身体里，
这片刻的欢愉即将搭载加速度，
来自刨子和锉子的驰骋
物联着另一座山外。
仿古建筑群是他近年的作品，
不过它们是明码标价的；
而他，仅仅分摊了其中的零星。
他将在工具中耗费一生，
这是命运。作坊外的人世
让他竭尽全力，生锈的指关节
见证了一切的发生；

但是他说，没有什么需要抱怨，
因为，他本来就是个木匠。

2018年11月11日

醒来

醒来，毒太阳
正向世界投射钢钉。

工人的幸福暴晒在
地面之上，它

可能已经走向缩水，
谁关心呢？所有方砖

都保持缄默，寂静的
抗争正屈从直角。

谁又会在意呢？
这也不是诗人的责任。

更坚固的苍穹悬在
头顶，更坚固的

秩序。在地平线与铁锤
中间，相同的大门

并不为所有尘世敞开。

颜色接近的只有血，

而表层的汗，轻易就
分辨出了战斗者。

赞美！你们肉体的力量
强大、柔软，你们

是一群让祖国
长翅膀的人。

昨夜丢失的天使，
此刻已经寻回。

醒来，飞扬的细粉
第一次缺席。那些

催生咳嗽的药剂暂时
失效，它们潜伏在汗液中，

聚合成灰色漂流瓶。
更热的土地，

和更热的人，不是病，
而是风景。

2018 年 6 月 3 日

一瞥

牵引视线的阳光被阻滞
在窗外，喧闹来自
孩子，飘飞数月有余的白花絮
降下更多隔阂，
南北交恶于同一具躯体里共生。
图书馆接受形态清洗，
把握书脊，平息铁架的战栗。
针对氧化的防护——涂漆，
也涂生锈的字。
在标点遭受看押、分行见风使舵、
孩子咫尺歌唱的时刻，
阳光只是闪了几下。树叶的张扬
还太羸弱，那些滤过的残存
仅在秒表上有所呈示。
一些档案正在加密；被删的嘴巴，
被调取的笑料，都将沦为
来者的想象。他们，
传来波浪般笑声的皮猴子们，
又一些站在窗前的我。
寂静地伫立，玻璃作为谎言
让透明更易成另一种质地：
静音正注解着新姿态。

马达行将拉你入伙，但漩涡
比脚下的宇宙更深。

2018 年 4 月 27 日

时刻

儿子七点半的车。
她五点就醒了；又睡下，
又起来……

这些年，母亲的生物钟
应家人的需求而变。

身体一天天慢下去，
但指示时间的发条和齿轮
越发精确：一种
与经验协同递增的敏锐
分娩了。

这新生是灾难性的。

夜空的蓝，清晨的灰，
以及正午时分的灼灼耀眼，
都全然隐退了。
好些时候，都是她，
在等待第一声鸡鸣。

桌上不断减少的碗筷，

和抽屉里持续
增长的小药瓶凸显了。
它们互为犄角，达成
某种反差式协议。

儿子走后，
就轮到女儿一家。
她将再一次提早醒来，
撑起自己
逐渐失控的躯体。

再晚些，就轮到
后辈们沿山水
撤回，而后抵达那个
既定的未定点：

告别，就是给不能再见
换一种表达或说法。

2018 年 2 月 27 日

在南园

雾的深度
非常现实

在南园，白菊从
瓣的中心旋转出波纹，
它们推出细沙，
推出一幕幕屏风和墙。
岁寒三友
连接檐角的瑞兽，
苔印消失，
群峰开始奔月。
不合群的榉树伙同幽僻
上扬，叶的背面
降下经脉，降下
时间的凸痕。
这园子不屈从秩序，
为了更好，
它承受着被神工
改写的进程。
也曾有猛虎、蔷薇，
顿首皆是回味；
而今，仅有裂缝
能够通灵出
酒，以及娄东的
陈年旧友。

退出石阶和九道门，
天色暗下来，
所有白色的花都将
入夜，一绺墨气
接引来新生。

2018 年 1 月 18 日

收叶人

楼下，收叶人如期而至。
他们穿着橙色服装，
三三两两。清扫、搬运、装车，
回环往复地工作。他们
熟稔每一种叶的脉络，正如
眼前的行道树铭记去留，
铭记多年前的黑发。
说话声迭起，依旧亲切，依旧
像脚印经过蒙霜后的清晨：
那样清晰，又那般疼。
风是第一根鞭子，他们是第二根。
多少次凝望，从下往上，
从眸子到树杪，寒枝在必经的
关切中摆向冬季。现在，
他们开始显老；这酸楚涌上来，
和冬至桌上的饺子搭配，
就不再发抖。什么变锋利了呢？
无非是额纹加深，手上新添
几个豁口。寒冷还很漫长，
这些环卫的勇士，寻常、实在，
遁入漆黑。今晚又有新人分享，
又有大量等待更新的数据。

他们是重要一环，却少有人言；
午夜安宁、冷清，群树在表皮
开裂的某个地点镌刻纪念。
静默中，我只能写点儿什么：
“他们睡下，呼吸平稳。”

2017年11月10日

“船”

火车先来，然后是高铁
后者属于升级版，它的抵达
没有造成任何不适
山民并未请神、捉鬼、敬菩萨
这期待了几十年的子弹头
送回了乡音，也邀约着陌生人
向来，车站都是迎接和送别的指代
但是在恩施，它还是渡口
那些东西飞驰的事物
如盛满黄金的轮船稳稳航行
时间被精确到秒
与“日出而作日落而息”相照应
没有谁比山民更清楚山的坡度
颠簸就此减半，这就是欢愉
我还记得几年前
戴红花的列车呼啸进站时
鞭炮立刻就响起来
朋友圈也炸开了水坝
而在更偏僻的小镇
船，近在咫尺
马，放养在山中……

2017 年 10 月 25 日

南三区讣告栏前站着一个老人

在树冠投掷的碎影下，一个老人
弓着腰，吃力地将头向上举，
他的老花镜的玻璃球面，
正在默哀某位老友的名字，
他已经很久没见到这个名字了。

现在是四月，银杏张开鸭脚，
风时不时地送来含笑。
不用再抬头了，他知道，
这个时节的香樟，每一条树杪
都有序地布满老中青三代。
那些碧绿是当打之年的孩子，
刚长出来的新绿是孙辈，
正在一个劲儿地蹿头，
那些变红了的则是他们自己。
只不过，指代朋友的那片
昨晚已经落地，它正安详地躺着，
就在花坛的边缘，离自己
那么近、如此地近。

他没有像当初送走父母时
淌出热泪，正如他明白

“人最畏惧的是接触不熟悉的事物”*。
他也是一张即将飘零的残片，
过去所拥有的热情、智慧和外形，
都将一一传递，送往树梢。
他能看到，也能感到，
那些碧绿的茎秆充满水分、汁液，
那些新绿则被生长撑开了些。
其实，他还记得年轻时，
自己也曾在木板床上飞过、跳过，
梦中的身体轻盈、自由，
从未想象这被约束的一辈子。
谨慎地活下来了，这个
上世纪三十年代出生的人，
所有的陌生之海都不能再支配他。
又一阵风送来含笑的味道，
最后，一访友人吧。

缓缓转身，这个老人拄着手杖，
思考和回忆让他坚定了些。
他没有像电影的场景那般回头，
并将目力再一次聚焦在那片
安详的红叶。

* 出自埃利亚斯·卡内提《群众与权力》

2017 年 4 月 29 日

麻雀与雾霾

岁寒，麻雀是冬天的一股新势力
前方有霾，朋友圈和自然界率先涌出暴动

有时候，悚惧就像一小场地震：
很快就有人谩骂，有人疑虑，有人条分缕析

但麻雀只关心口粮，它们的每一次呼吸
都累积成一小点儿中和。听父亲说

在少年时代，“除四害”运动特别激烈。广播一响，
竹竿就被抡起来：小鸟们群体惊飞，然后

无枝可栖，那一双双羽翅终会力竭，
它们像黑夜一样从头顶落下，再也站不起来

父亲还说，他们当时捡麻雀就像捡尸体，
整筐整筐地搬运，那些眼睛圆溜溜的，

睁着、瞪着，像倒映死亡的窗户。
现在，我们也像当年的那些麻雀，一个不落地，

被抡起的竹竿驱逐到笼盖四野的灰色中。

而后逃进室内，惊慌地，张望蓝天。

我们被不断长高的混凝土箱子，搬运。
而麻雀没有灭绝，它们往返于城市的骨架，

并在晦暗的空气里弹奏时代。明年
是“除四害”运动的六十周年，一场

大型的鸟类纪念活动正在预演！在此之前
我们要先感谢它们——那些移动的呼吸

应该对人类有益。在六神无主的穹顶底下，
它们的有条不紊也许能引领我们。

2017 年 1 月 16 日

停水

生活偏好于生产猝不及防，比如停水
当你整理好脏衣服，放上洗衣液
当你脱得精光，准备开始睡前的洗礼
停水便如梦魇般袭来，瞪眼、骂娘
甚至追悔莫及。但这些此刻无法入史
比如楼下，卫生间出现一条蜈蚣
再如山上的蚂蚁遭受疯子鞭笞
海德格尔将历史判定为：联系的贯彻
边料只能接受命运，并提前退场
比如此刻，2016 年 7 月 20 日晚上十点
武汉大学三环学生公寓临时停水
但我们伙同这些遭际，都会如尘埃
被排在历史之外。面对没有回声的龙头
我们该不该保有希冀？而历史
正匆忙地记录今日的洽谈与危机

2016 年 7 月 20 日

一个接近虚构的非虚构

他和蓝色移动板房一样，每次
无须暂住证的安置都意味着阶段性
居住稳定。去年，这所高校
要翻修图书馆，他便从内蒙来到武汉
校园依山傍湖，有一百多年的历史
学生和教授多如蝼蚁，夜晚宁静
他在墙内工作，能听清三月的游人
并从中分辨出四川的乡音
他的妻子在南充的村落里舀水、淘米
侍奉老人。备耕的节气就要抵达，沉默
如不速之客瞬间降临。手上的工作
足以消弭戛然而止的兴味，那些
刚被拧紧的螺丝有些疼痛，试图应和
男人的波状情绪。下午，他被叫到
顶楼搅拌混凝土，这是他第一次
从十三层的高处俯瞰工地：围墙内外
醒目地分隔出人与人的区别。所以
他再一次想到儿子，然后不由自主地
加快手上速度。吃晚饭时，他对
老丁说：从楼顶往下看，还真
——有点儿吓人

2016 年 7 月 7 日—10 月 12 日

小陈速写

冬至和小寒分居两年
它们之间的空气屯满杂务
笔筒、便签、档案盒
胶水、发票、订书机
从井然有序到杂乱无章只要几分钟
将它们归拾却花了整整一年
号称不死草的绿萝有点儿发黄
窗外，浓雾接着叹气
复印机间歇性罢工，旁边的老李
在鼠标声中强忍键盘手
平安夜和圣诞节都要加班
小陈已不是十八的少年

当睡意望着一堆蝌蚪文发呆
主任送来了新年的台历——

2015 年 12 月 28 日

还乡

对他来说，32 岁的年龄并不轻松
生存的犁铧生硬地扎进土壤，并种植他
黝黑的皮肤、黝黑的肌肉以及黝黑交错的血管
有人煮沸过他，可他保持沉默
下班后他买过一瓶二锅头，但不可宿醉
他也尝试在深夜的网吧下载 WMV
回到住处后粗暴释放。第二天
他用同一双手搓洗旧 T 恤褶皱的 V 领

他睡得很沉，在梦中后退二十年
奔跑、飞驰，脚尖一点就从地面上腾起
他喜欢这样的梦，那是幸福。
甚至看到母鸡的警惕，狗和蟋蟀不犯河水
如果再高些，一万重山外有一万重
温柔之声；而山的侧面，盛满了母亲的蛋炒饭
至于门外稚气未脱、等他上学的
是那个一直叫“小花”的女孩

2015 年 6 月 19 日

老屋的现状

我的父亲一个人在家
母亲在湘南给姐姐带孩子
爷爷和奶奶睡在墓地
十一岁的老狗死于去年冬天
有只黑猫，不常回家

隔壁的大爷爷、幺奶奶去世了
大奶奶随儿女搬进县城
幺爷爷一辈子未碰粮米油盐
饿了就喝冷咕哝酒
花公鸡喜欢在半夜瞎叫

再隔壁的叔叔去长沙打工
一根门栓切出两个世界
父亲鱼跃成屋场上最年轻的
男人。年轮刻上五十六道
老花镜覆盖眉角

我会在傍晚给父亲打电话
问他在干嘛，吃了嘛。他说
吃了，没干嘛。我说好，那我挂了

像这样的通话隔几天一次

时间都很短

2015 年 3 月 11 日

月光

乡村的冬天很少看月光，
鸡鸣和犬吠占据整整十二个时辰。

大家围着炉火和灰烬拉家常，
冬眠的蛇被吵醒后又沉沉睡去。

夜幕在子时垂下眼皮，世界
安静得如同没有生老病死。

母亲轻悄地为成年儿女捂被，
如豆的灯光，宛若温柔的月光。

2015 年 2 月 14 日

父亲和光明

夜里，父亲一个人看电视
除了烟斗里明灭的火星
以及电视屏幕上的赤橙黄绿
没有其他的光明

我偶然想到平时的父亲
还有他的眼睛

大多数时候——
他的瞳孔都储存着白天挣来的光明
夜里，就着点点微星
他也不会有一丝一毫的消停
弓着半截身体喂牛
敲着梆子吓唬偷吃庄稼的野物

父亲甚至把他挣来的光明
挂到爷爷墓碑前的第二棵乌桕树
因为我回家的泥路
东一个凹，西一个凸

2014 年 11 月 20 日

父亲造房

父亲在棚内敲打方子树
以土家族的丧葬风俗
木棺、寿衣以及三天法事
连带七星板的棺材下地
坟头垒起，方能入土为安

方子树是一种圆木
选材莫过于常年碧翠的刺杉
用它做的棺材周正、有看头
经得起上百年的腐烂
我曾提议给二老买现成的
街上的全都上过漆。父亲摇头
他并不是个倔脾气，但在
这事儿上一直认歪理

他有锯子、斧子、凿子
有墨斗、墨线、墨签
以及木马、角尺和无数刨子
作为木匠的父亲要给自己
和母亲造最后的房
他一丝不苟地砍着、刨着
打主意干上一整个冬天

父亲用他造的第一间房
娶回母亲。现在，他准备
造这辈子最后的两间。
门关上，就剩他们夫妻俩

2014 年 2 月 13 日

你的形状

打电话时，妈低声说：家里的狗死了。
我的共鸣腔终止活动，四周寂静。

我懊悔，手头上的那首未竟之作：
狗在诗中与猫一起留守，还成为朋友。

必须悼念它，这只被我命名的小动物。
在无数次食物的引诱中，它认可

我的决定，并对不少指令表现出遵从。
它和我一起上山采野果、摘蘑菇，

有那么一两次，还能逮住野鸡野兔。
生气时我也揍过它，多半是

因为它精力过盛、在乡间疯狂奔走。
而现在，我不敢再回想它，

以及它低垂的哀怨眼神。后来，
我在家的时间一年比一年少，

它一年比一年威风，又一年比一年衰老。

去年冬天开始经常瞌睡、偶尔掉牙。

它终于拒绝骨头，连同碗中的吃食
一同拒绝。它暮年了，拒绝

成为它陈述理由的标识。我以为
还有时间，但两隔的墙已在

昨日升起，变成入云的永恒屏障。
但总有你的形状，从云缝间缓缓走来。

2014 年 1 月 2 日

自跋　十年成百诗

近十年（2014—2023），我写下这些诗。它们因不同机缘和我见面，虽然在外表上，这些诗有所相似但却实有不同。每一次重读它们，都是对逝去时间的再一次打量，但还远远谈不上凭吊。

我无数次将自己的“诗”和“记忆”物联，现在它们合在一起，构成一种记忆碎片拼凑出的不完整，却也意味着另一种完整性。

对于自己的诗，我很少用诗学的眼光去估衡。于我而言，写诗和写新诗研究论文完全是两码事，它们分属于判若云泥的感受、情境和思维方式。前者往往是轻松且愉悦的，倒不是说没有遇到难产的时候，只是写诗常常带给我一种将感性放置在刀锋的快感；但是后者因为学养不足之故，所以写论文经常给自己带来挫败和回退之意。

何其有幸，诗找到了我。在许多片刻，譬如欢愉、苦痛，譬如截取到非常规经验，又或者思考到某个特殊问题，诗都成为我最信赖的伙伴。用诗的语言讲述生命中所遭逢的虚与实、动与静、博弈与苟同、私人与公众，乃至某些不方便直言的领域和范畴，诗都成为我的表达主轴。当然，我也经常写诗给自己的朋友。因此，这本《雾的深度》被我以自己的潜在逻辑分为四辑——“虚实之诗”“有赠”“自己的园地”和“非常现实”。每一辑内部均遵从倒序的编排方式，但我并不借此要求阅读的次序，读者完全可以自行决定。

我唯一的希望，是阅读这些诗的时候，不是每一首都令人失望。

2014—2023 年，这也许是我生命中最黄金的十年，那么这本诗集就是“十年”最好的证言。《雾的深度》收录了我十年间的 211 首诗，虽然其中的一些具有原生性缺陷，但我还是基于个人史的考量将它们安放到篮子当中。请原谅我这朴素又真实的“敝帚自珍”。

感谢为这套诗集（“珞珈诗派 · 第二辑”）不断付出的武大师兄师姐们，感谢责编和出版社让《雾的深度》得以面世。我唯一能做的，就是以之为鼓励并继续写下去，因为诗就在那里——并始终照临你。

2023 年 6 月 5 日 花溪斗篷山